ぼくが好きになる相手は、
きっとパンの匂いが好きだと思う。

なるほどフォカッチャ

ハリネズミと謎解きたがりなパン屋さん

鳩見すた　イラスト◎佐々木よしゆき

「わたしは『かわうそ』に似てるんだって」

「別に顔が似ていると言ったわけじゃ……」

ニテルヨ
「フォカッチャがしゃべった!?」

「いまのは厨房の父の裏声です」

なるほどフォカッチャ

ハリネズミと謎解きたがりなパン屋さん

BOULANGERIE
MUGI

鳩見すた

BOULANGERIE
MUGI

CONTENTS

第一話　それは恋だとフォカッチャ

~Focaccia（フォカッチャ）~

古代ローマ時代から作られ続けているパン。「フォカッチャ」はイタリア語で「火で焼いたもの」の意。表面に数ヶ所のへこみがあるのが特徴。生地は「ふわふわしっとり」、「表面カリカリ」と店によって異なる。とはいえクラム（パンの白い部分）のもちもちした食感は共通。そのまま食べてもおいしいが、オリーブオイルと塩でいただくとビールやワインがじゃぶじゃぶ飲める。

人前でその名を口にすると、「了承」の意に受け取られることも。

1

丼《どんぶり》の中身をひとさじ口へ運び、丼谷《どんぶりだに》がおごそかに口を開いた。

「春夏秋冬である」

クーラーのない非公認サークル棟の部室に、「マジんまい！」、「素晴らしきシズル感」と、賛同の声が続く。開け放たれた窓の外からも、じょんがらじょんがらとセミたちが追随した。

僕は額の汗をぬぐい、手にした丼をじっと見つめる。

炊きたてではないが冷やでもないごはん。その上にぼてんと載った半丁の豆腐。全体にかかっている黒い液体は、醤油《しょうゆ》ではなくめんつゆだ。

これはいったいなにか？

豆腐丼である。

正確にはトッピングのない、「素」の豆腐丼である。

さりとて貧乏飯と笑うことなかれ。かの魯山人《ろさんじん》先生は湯豆腐についてこうおっしゃっている。『いかに薬味、醤油を吟味してかかっても、豆腐が不味《まず》ければ問題にならない』と。すなわち豆腐丼には豆腐さえ入っていればよいのである。

いやまあ、できたらネギやしょうがを追加したい。かつぶしを丼の中でハナハナと踊らせたい。食べるラー油で偽マーボー丼っぽくしたい。

しかし僕たち「め組《ぐみ》」は、「貧すれば鈍する」を地でいく集団である。金もなければコネもない。だから就活が終わらない。いやそれはいま関係ない。

僕は雑念を振り払い、豆腐をレンゲで切り崩した。

丼の底でめんつゆに浸された白米とともに、適正な分量を口へ運ぶ。

「……まいです」

豆腐丼は決してかき混ぜてはいけない。ほどよく温かいごはんと、ひんやり冷たい豆腐の温度差。そこに万能調味料たるめんつゆの潤いがあわさることで、人は口の中に四季を感じることができるのだ。

これをぐちゃぐちゃに混ぜてしまうと、夏も冬もない「なまあったか〜い」になってしまう。豆腐丼をおいしく食すには、ゆめゆめ混ぜることなかれ。

ところで僕が発した「まいです」は、別に自己紹介をしたわけではない。しかし人間は本当に感動すると語彙力を失う。食レポ文化はおおいにけっこう。しかし人間が真《しん》にうまいものを食って発する言葉は、十中八九「うまい」の変形である。

僕の場合は空を見上げ、豊穣《ほうじょう》の神へと感謝するよう、「……まいです」とつぶやいてしまう。まさしく心の底からの賛辞ということだ。

まあなにが言いたいかというと、トッピングが皆無でも、大学四年の夏休みで就職が決まっていなくても、豆腐丼は百パーセントうまいのである。

この四年間で彼女どころか女の子の知りあいもできず、過去三度のクリスマスはすべて男だらけの湯豆腐パーティーだったけれど、豆腐と白米はいつだって僕らの胃袋を優しく満たしてくれた。満たしてくれたのだ。

「くっ……!」

思い返すと涙で塩辛くなりそうなので、僕は丼の残りを急いでかっこんだ。

「で、就活の進捗はどうだ。どこかとコミットしてるのか?」

こたつの左斜め前で、リクルートスーツを着たニガリが言った。

僕らの食卓であるこのこたつは、一年中出しっぱなしである。真夏のいまは布団をしまい、ヒーターの下に水が入った子どもプールを置いた状態だ。

目下は卓を囲んだ四人全員、足をつっこんで涼をとっている。先に述べた通り、我らが部室にはクーラーがない。

そんな暑苦しい部室でもスーツを脱がず、汗ひとつかかないニガリという男。

彼は本名を猪狩《いがり》という。出自が豆腐屋の次男坊であるため、僕らは豆腐の苦汁《にがり》にひっかけたあだ名をつけた。

「まあ、ぼちぼち」

僕は冷たい茶を飲みながら答える。目線はなるべくニガリからそらして。

こんなド真夏に就職活動をしているのは、すでにあまたの内定を得ているにもかかわらず、理想の企業を探して面接を受け続ける就活求道者のニガリか、理想の企業が今年から採用を見送ることにしたため、「どうしたもんかなぁ」と日々をモラトリアムしている僕くらいしかいない。

「『ぼちぼち』じゃわからん。蜜柑崎《みかんざき》のマイルストーン、もしくはリソースのアサインを具体的にアジェンダ」

蜜柑崎というのが僕の姓だけれど、おそらくニガリのセリフはそれ以上につっこみたいところがあるだろう。

「いやまあ、企業のホームページはちょこちょこ見てるよ。でもまだ業種が決まらないんだ」

「意識が低い！　ホームページっていつの時代だ。それに四年の夏スキームで進路が決まってないやつが、『業種』にプライオリティを置ける身分か？」

違うのだろう。おそらくは就活支援サイトを見て、業種や職種を問わず、日程の早い順に片っ端から説明会に行くべき立場だ。

「でもさ、僕にはこれといってやりたいことがないんだよ。よしんば内定をもらったとしても、続かなければ意味がないじゃないか」

「ばあちゃんが作る栗《くり》きんとんより肌感覚で甘い！」

ニガリがこたつをドンと叩《たた》く。彼はいわゆる意識高い系だけれど、ゆくゆくは家業を継ごうと考えているらしい。いまだに就活を終わらせないのも、豆腐屋に適した経営を学べる企業を探してのことだそうだ。いまどき感心な孝行青年である。

「なに他人事《ひとごと》みたいな顔してるんだ。よく聞け蜜柑崎。おまえは世の社会人が、みんななりたい職に就いていると思うメソッド？」

「そうは思ってないメソッド」

人はお金や才能や諸々《もろもろ》の条件を鑑み、多かれ少なかれ妥協して職を得る。そのくらいは僕だって理解している。

「だったら大人になれ。『新卒』のバリューは一度だけだ。夢はいったん仮想通貨のように忘れろ。とりあえずどこかに勤めたら、いい転職エージェントを紹介してやるライフハック」

いまだに就活をやめないニガリは、人生のスタートラインから前ではなく真上へと羽ばたいてしまった男だ。進捗度合いは僕と同じでも、見えている範囲はまったく違う。だからニガリが言うことは絶対的に正しい。

けれど僕が追いかけていた夢は、「職業」ではなく「企業」なのだ。

規模は零細に近いけれど、子どもの頃から「ここに入る」と決めていた、たったひとつの憧れの会社。そんな会社が今後の募集を一切やめてしまったのだから、いったん別の企業に就職して転職という目もない。

ゆえに僕は、就職について根本から考え直さねばならない状態だった。

しかしそう簡単に身の振りかたも決められず、「とりあえず説明会に出ておく」という器用さも持ち併せていないので、いまは日々をぼやぼやすごしている。

「大人になる……か。丼谷はどう思う？」

僕は正面で腕組みしている大男に尋ねた。

丼谷は我ら「め組」のリーダーであり、米問屋の御曹司でもある。身長は百九十を優に超え、メガネをかけて理知的だけれど、時代がかった口調で凡人には理解できない哲学を語るため、僕たち以外に友を持たない哀れな賢人だ。

まあ偉そうに言ったけれど、僕も「め組」以外に友人はいない。

「吾輩《わがはい》が思うに、大人になるとは――」

丼谷がメガネをくいと上げた。夏の陽射《ひざ》しでレンズが輝く。

「ナイフとフォークを用い、『まるごとバナナ』を食べることであろう」

「おお……！」

さすが賢人だ。僕はまるごとバナナをナイフとフォークで食べたことがない。食べようと思ったことすらない。すなわち僕は子どもである。

「缶ビールをコップに注ぐがごとしか。本来は自然とそうなるべきだが、形が人を作る例もある。やはり賢人のソリューションはひと味違うな」

ニガリが同意した。彼も丼谷には一目置いている。

「よしきた。それなら早速まるごとバナナを買いにいこう」

僕は財布の中身を確認した。たぶん四つくらい買える。

「ど・う・で・も・Eぃぃぃぃぃ！」

ずっと会話に加わらなかったイエモンが、僕の右斜め前でやや涙目になってEのコードをジャーンと鳴らした。

「違うだろぉ？　いま夏だろぉ？　学生最後の夏休みだろぉ？　なのに丼谷以外、俺たち彼女いないだろぉ？　就活でもバナナでもないよ！　俺たちがいまやるべきは彼女を作ることで、大人になるってのはそういうことだ！」

「か、彼女を作って大人になる……」

僕もニガリも、言葉の生々しさにごくりとつばをのんだ。

昨今の若者は、「恋愛はコスパが悪い」と男女交際に興味を示さない……なんて言われているけれど、すべての若者がそうと思ってもらっては困る。

僕たちはいつだって、授業で隣に座った女子に偶然話しかけられる機会をうかがっていた。テスト前にはキャンパスのベンチで、完璧なノートをこれみよがしに眺めるなどあらゆる努力を怠らなかった。ついぞ実らなかったけれど。

しかしイエモンは、卒業年になったいまでも鼻息が荒い。

サラサラの緑髪に甘い童顔を持つ彼は、一見どころか二度見、三度見しても美少年だ。しかし残念ながらまったくモテない。

なぜなら彼はバンドマンである。

茶所静岡の男子高校を卒業したメガネキャラだった彼は、大学デビューを狙っていた。父親に「バンドマンはモテる」と聞いて入学と同時に髪を染め、コンタクトを買い、ノーブランドのレスポールを手に入れた。

おかげで彼のルックスは驚異の変貌を遂げたけれど、親の時代ならいざ知らず、昨今におけるバンドマンのパブリックイメージは、「クズ」、「ヒモ」、「ギターの練習して硬くなった指の腹をやたらと触らせてくる」という、惨憺《さんたん》たるものである。

かくしてモテるためにバンドマンになったイエモンは、バンドマンゆえにモテなくなった。さらに不幸なことに、彼は音楽に目覚めてしまった。最悪に輪をかけるパンクロックだ。

当然就活なんぞしていない。赤やら金やらの派手な髪色の後輩を率いてストリートライブをする彼は、将来バンドで食っていくそうである。

僕が言うのもなんだけれど、イエモンは人生のスタートラインから全力で逆走してしまった男だ。もう後戻りするよりは、地球を一周したほうが早いだろう。

「というわけで、蜜柑崎もバンドやろうよ。就活なんかしなくていいし、彼女もできて一石二鳥だよ？　人生の春がくるよ？」

「断る。僕はまだかろうじて人生のスタートラインにいるんだ」

冗談じゃない。夢破れただけでも立ち直れないのに、恋愛からまで遠ざかるなんて願い下げだ。真夏に春などくるわけない。

「だが蜜柑崎。おまえは夢をかなえるという人生のゴールを失ったんだ。いまさらリスクヘッジしてなんになる？　『すっぱいブドウ』は甘いかもしれないぞ？」

ニガリの指摘が胸に刺さった。ものすごく刺さった。

入学してすぐに僕たちは出会った。若く、みすぼらしく、東京にいる自分がどこか恥ずかしかった僕たちは、それぞれが実家からの仕送りを持ち寄って集まった。丼谷は米を。ニガリは豆腐を。イエモンはお茶で、僕は特殊なビールを。

そんな風にして「めし食いたい組合」、通称「め組」を結成した僕たちは、非公認サークル棟の一階空き室を占拠した。四年間ひたすらに豆腐丼を食し、それを青春と称した。それが僕の学生生活のすべてだ。

けれど僕はイエモンのようにバンドに打ちこんだり、ニガリのような飽くなき向上心を養ってはこなかった。子どもの頃から憧れた会社に就職するという、ささやかな夢にあぐらをかいていた。

僕は、人生のゴールを設定する場所を間違えていたのだ。

「ゴールを失った僕はもう、バンドマンになるしかないのか……」

「いまならベースが空いてるよ。髪の色は青でよろしく」

「ベースなんて全身にタトゥー入れないとモテないパートじゃないか！　そんなの嫌だ！　賢人よ、僕に助言をくれ！」

僕は丼谷に救いを求めた。彼は親の跡を継ぐことが決まっているし、故郷には幼なじみの許嫁《いいなずけ》が待っている。丼谷は僕らにないものをすべて持っている。そんな全知全能の賢人ならば、僕を正しく導いてくれるはずだ。

「迷わず行けよ。行けばわかるさ」

僕はがっかりした。賢人の言葉が安直なパクリだからじゃない。

「いやだからさ、僕は行くべき場所がなくて迷ってるんだってば」

「行くべき場所がないのなら、迷っているとは言わぬ」

はっとなった。声も出せずにその場で固まる。

「ここへきて迷ってすらいないというのはつらいな。なにもしていないのに、気がついたら二十年がスポイルされていたってところか」

まさにニガリの言う通りだ。

「こうなったら、もう流れに身を任せるほうがいいかもねー。新しく知りあった人間が、自分を変えてくれることを願う、的な？　的な？」

親身に同情してくれるイエモンたちがありがたい。僕は期待に応えるべきだ。

「よしわかった。僕はいまからまるごとバナナを買いにいく」

「いやバンド誘ってんだよ！　出会いあるって！」

「嫌だ。デスボイスでアドバイスされても聞き取れない」

「蜜柑崎、さっきからバンドマンに偏見ありすぎない？　好きだった女の子をかっさらわれた経験でもあんの？」

実はある。バンドマン憎けりゃ革ジャンまで憎い。

「くだらないことを言ってないで聞け蜜柑崎。現代の就活では、自己肯定感を高めるのが肝要だ。ジャストアイデアだが、部屋の掃除をして達成感を積み重ねるのは有用らしい。やる気は作れるぞ」

「おお……さすがニガリは話が早い。僕が求めているのはそういうのだ」

「掃除と言えば、まずはいらないものを捨てることからだなー。蜜柑崎の部屋、なんかミニカーとかブリキのロボットとか、ガラクタたくさんあるじゃん」

イエモンの言葉に僕はむっとなった。

「僕の部屋にガラクタなんてない。おもちゃはすべて宝物だ」

「知ってるよ。ちょっとハッパかけただけだって。でもあれは？　下駄《げた》箱の上に電話帳あったじゃん？　あれとか別に大事じゃないっしょ」

確かにそうだ。携帯電話だけでも十分なのに、ひとり暮らしをする際に母親が強引に固定電話を引いた。電話帳はそのときもらったものだけれど、言われてみれば一度もページをめくったことがない。これだ。

「よし。輝かしい未来に備えて、まずは電話帳を捨てることから始めよう」

そんなわけで、僕は帰宅するべく電車に乗っていた。

うちの大学は東京と神奈川《かながわ》の境にある。地方から出てきた学生は東京側に住みたがるけれど、僕のように仕送りの少ない人間は、家賃の安い神奈川の川沙希《かわさき》に住むことが多い。僕だけでなく、井谷もイエモンも川沙希住まいだ。

最寄りの望口《のぞみくち》駅から大学までは電車で五分。そして金はなくとも時間はあるのが大学生。だから僕たちは、夏休みでも豆腐丼を食うために部室へ集まる。

まあニガリだけは東京生まれの東京育ちだけれど、彼は高尾山のふもとという東京都下、というより、「東京都か?」と思える場所に住んでいるので、部室で準備してから都内へ面接に行くことが多かった。おかげで僕らは夏休みでも、毎日のように新鮮な豆腐が食べられる。

それゆえいつもはニガリが面接に行くまでだらだらするのだけれど、今日はどうにも尻の据わりが悪かった。なので僕だけがひとりで先に帰っている。

別に、いち早く電話帳を捨てたかったわけではない。

自分が人生に迷ってすらいないというのが、けっこうショックだったのだ。

人から見れば結果を出していない時点で同じだろうけれど、僕はニガリやイエモンと違って上にも後ろにも進んでいない。だから空より芝生のほうが青く見える。

僕は大学院に進む頭もない。アルバイトだってしていない。ゆえに卒業したら完全な無職になるのに、どうにも就職活動をする気がおきない。

やるべきことがたくさんあるのに、募集をやめた会社への未練をただ引きずる。これではまるで片思いの失恋だ。

でも、それだけ僕は本気だったのだ。

僕は体四計社《たいよんけい》に入り、子どもの頃に受けた恩を返したかったのだ。

「……はあ」

情けないため息が出てしまい、恥ずかしくなって遠くを見る。

この時間の下り電車は人が少ない。座席は埋まっているけれど、立っている乗客はいなかった。おかげで僕が座った席からは、向かいの景色がよく見える。

車窓を流れていく街並みには覚えがあった。そろそろあの風変わりな家が見えてくる頃……見えた。でも一瞬で過ぎ去った。

とはいえ、通学途中になんども目にしているので詳細は覚えている。

その家の建物は古い。いわゆる古民家と呼ばれるたたずまいだ。ほどほどの庭と昼寝をしたくなるような縁側があり、周囲は漆喰《しっくい》の白い塀で覆われている。

ここまではちょっと古めかしいくらいで、別段おかしなところもない。

僕が奇妙に思う点は、あの家の門より先にある。

時代を感じる木製引き戸の玄関脇、本来ならば表札を掲げるべき場所に、あの家はなぜか「時計」を設置しているのだ。

時計自体は珍しいものでもないので、目に留《と》める人は少ないかもしれない。しかし玄関脇に時計があるというのは、よくよく考えるとけっこう不思議だ。

玄関は出入り口であって、滞在する空間ではない。時間を気にすべきタイミング自体が存在しない。ではなぜ時計を掲げるのか？

僕が時計表札に気づいたのは二年生の頃だった。それから電車に乗るたびに考えてみたけれど、玄関に時計を飾る理由はまるで思いつかない。

まあ真相は、「捨てるのがもったいなかった」程度のことなんだろう。

しかしながら、時計表札の謎に思いを巡らせるのはちょうどよかった。

電車で二駅という本を読むには微妙な時間をつぶすにも、今日みたいになんとなく落ちこんだ気分をまぎらわせるのにも。

さてと僕は不毛な考察を始める。

きっとあの引き戸は、一定の時刻しか開かないようになっているのだ。あの家は代々そうやって伝説の剣を守っていて——。

そんな子どもっぽい空想をしていると、電車が駅に着いた。

思いがけずにほとんどの乗客が降り、車内がガラガラになる。

向かいの七人がけシートには誰もいなくなった。

僕が座っているほうも、自分を除いてひとりしかいない。

しかしてそのひとりが隣にいるのだから、気まずいことこの上なかった。

さっきまでなんとも思っていなかったのに、席が空きだすと人のパーソナルスペースはとたんに広くなる。どこにだって座れるのに、なぜわざわざ肩身を狭くする必要があるのかと感じてしまう。ことに僕のような庶民はそうだ。

こういうときは、どちらかが座席の隅に移動するのがセオリーだろう。

その際はできる限りなにくわぬ顔で、しかしそそくさと、中腰のカニ歩きで一番隅の席へと移動するのが望ましい。

なぜならば、移動されたほうはちょっと傷つくから。

隣りあっているほうが気まずいのに、相手に離れられると人は自分に原因があると感じてしまう。「昨日お風呂入ったけど、さっき汗かいたから……」などと、エクスキューズを盛りこんだ理由を探してしまう。ことに僕のような庶民はそうだ。人のメンタルを豆腐にたとえる人は多い。

しかし僕はそうめんのほうが適切だと思っている。

そうめんは乾いているとパキリと折れやすい。日々に潤いのない僕の心は、もじゃもじゃした草の塊が風で転がるほどにカラカラだ。おまけに『迷ってすらいない』と言われ、いまはヒビまで入っている。

ここで相手に移動されたら、僕はパキリと死ぬかもしれない。

だったら先に移動してしまえばいいのだけれど、それも少々ためらわれた。

というのも、僕の隣にいるのは女性なのだ。

顔は見えないけれど、涼やかなサンダルの足下からして間違いない。

僕は思う。男子たるもの、いかなる理由があっても女性に恥をかかせるべきではないと。モテなくたってそのくらいの矜持《きょうじ》はある。

そして僕が先に動いたならば、隣の女性はちょっぴり傷つくだろう。ならば彼女に移動してもらうのが「次善」の策だ。

その場合、僕は男性に移動されたときの二倍傷つくことになる。「バンドマンじゃないのに女性に避けられるなんて……」と落ちこむことになる。

されど男子はかくあるべしだ。だって「最善」の策は、このままどちらも動かないことだから。「ゲーム理論」はゲームの理論でしかない。

僕は覚悟を決めた。切腹に臨《のぞ》む武士のごとくに、座して時を待つ――。

が、なかなか女性が動かない。

チラと横目で見ると、二の足を踏むようにかかとが浮いたり沈んだりしていた。これはひょっとして、僕に気を使ってくれているのだろうか。

なんて考えは、ニガリのおばあちゃんが作る栗きんとんより甘かった。

女性がおもむろに腰を上げた。

しかし横にスライドするのかと思いきや、彼女はまっすぐ歩いて向かいの席の右隅へ座った。おまけに僕の視線を避けるよう、振り返るほどに顔をそむけた。

心に亀裂が走っていく。「あぁ……うぅ……」と、声にならない声で喘《あえ》ぐ。

通常こういったケースでは、同じ座席の隅へと移動するのが暗黙の了解であるはずだ。それは移動「する側」が「される側」へすべき、最大限の配慮と言える。

にもかかわらず、彼女は僕からもっとも遠い場所へと移動した。

これでは気まずさから逃れるためではなく、僕を避けたようではないか。

泣きそうである。というかちょっと泣いてる。

確かに僕はモテないけれども、風呂には毎日入っている。鋲《びょう》つきの革ジャンだって着ていない。面相なんてフリー素材のイラストみたいに人畜無害の極致だ。なのにここまで酷《ひど》い仕打ちをされるなんて。

そして……ああ……彼女が美人であるようなのがまた悲しい。

僕の席からは横顔しか見えないけれど、輪郭は米粒のように形がよく、肌は豆腐のようになめらかだ。ウェーブのかかった栗色《くりいろ》の髪はやわらかそうで、耳の上から後頭部にかけて上品な編みこみがある。

抱えているのもフランスパンが似合いそうな籐《とう》のバッグで、そこはかとない気品が感じられた。間違いなく顔立ちも整っているだろう。

せめてそのご尊顔《そんがん》を拝見したかったけれど、彼女は背後の扉横にある広告をずっと見つめている。こちらには一瞥《いちべつ》もくれたくないという強固な意志が感じられ、僕の心はいよいよ砕けようとしていた。

が、そのときである。

彼女がふいに正面を向いたのだ。

彼方《かなた》の記憶を探るように、斜め上を向いた黒い瞳。

考え事に夢中なのか、むずむずしている小さな鼻。

なにかを思いついたかのごとく、ニヤリと笑みを浮かべた赤い唇。

僕が見た彼女は、端的に言ってきれいな顔立ちをしていた。

そうは言っても、彼女よりも美しい女性はそれなりにいるだろう。

けれどこの瞬間、『考えつく娘』と題された写真で、彼女よりも相応《ふさわ》しいモデルはいない。そんな刹那の美に触れた衝撃に、僕の心は打ちのめされていた。

「よし、正解」

彼女が再び広告を振り返ってつぶやく。そしてのびやかに――実に「のびやか」としか言いようがない――笑みを浮かべた。

この瞬間を写真に撮ったら、そのタイトルは『よく寝て起きた女神』以外に考えられない。そう力説したくなるほどに、喜びと安寧《あんねい》に満ちた笑顔だった。

もしかしたら、彼女は豊穣の女神なのかもしれない。僕が毎日豆腐丼の感謝を伝えているから、よきにはからえと姿をお見せくださったのだ。

なんて想《おも》ったのもつかの間、僕はずんと落ちこむ。

だって僕すんごい拒絶されたし。神に見放されてるし。

が、そのときである。

女神が予想だにしなかった行動に出た。

彼女はおもむろに立ち上がると、僕のほうへとすたすた歩いてきた。

そうしてなにごともなかったように、僕の隣へひょいと座ったのだ。

こんなもの、呆気《あっけ》にとられるしかない。

僕はぽかんと口を開け、高野豆腐のように固まっていた。

が、そのときである。

彼女が三度《みたび》立ち上がった……というか車内にアナウンスが聞こえるので、普通に停車駅で降りるようだ。

彼女は真にしゃんとした姿勢で、ホームをきびきび歩いている。

その凜《りん》とした乙女《おとめ》の行方を、僕は口を開けたまま見送って――。

「――る場合じゃない！」

ドアが閉まりかけていた電車から、僕は慌てて飛び降りた。

坂道を上る女神の背後を、適度な距離を保って歩く。

言っておくが僕はストーカーではない。彼女が降りた望口駅は、僕の下宿がある街でもある。それにしては改札を出てからもずっと背後を歩いているけれど、本当にストーカーではない。たまたま僕のアパートもこっち方面なのだ。信じて。

いやまあ、本音を言えば彼女のことは気になっている。

その美しさはひとまず置いて、電車内での彼女の行動はあまりに妙だ。それも僕から一番遠い端っこで、振り返るような姿勢で扉の横を見ていた。

あのとき、彼女は席を移動して正面の七人がけシートに座った。それも僕から一番遠い端っこで、振り返るような姿勢で扉の横を見ていた。

これが僕には「避けられている」ように感じられたけれど、電車を降りる際に目を向けたところ、彼女が見つめていたのは学習塾のクイズ広告だとわかった。頭のやわらかさを問うタイプのあれだ。

彼女は考えるような顔つきだったし、もう一度広告を確認したときには「よし、正解」などとつぶやいている。となると彼女は僕を避けたのではなく、広告のクイズをそばで見るために移動した可能性が高い。

そう。彼女は僕を避けたのではないのだ！

それが証拠に、涼しい顔で僕の隣に戻ってきたではないか！

しかしそれこそが、奇妙の最たるところである。

当たり前だけれど、私鉄の各駅停車に指定席なんてものはない。どこにだって座れるのだから、彼女は僕の隣に戻ってくる必要などない。

ではなぜ、彼女は僕のもとへ戻ってきたのだろうか？

もちろんそこにいた青年を好ましく感じたから……などと考えるほど僕の面の皮は厚くない。モテないゆえにそのくらいの分別はある。

正解はおそらく、「僕の存在が見えなかった」か、「別の意図がある」のどちらかだろう。せめて後者であってほしいけれど、それはそれで困ることになる。だって真相なんて確かめようがない。

僕は少々うらめしい気分で、坂を上る彼女を見た。

するとその姿がふっと消える。どうやら横あいの一軒家へ入ったらしい。

僕は毎日この坂を上るので知っている。彼女が消えた家は単なる住居ではなく、一階でパン屋が営まれているのだ。僕はごはん党だから利用したことはないけれど、わざわざ電車に乗って買いにくる人がいるならおいしい店なんだろう。

家の入り口に差しかかった。小さな庭を歩く彼女を横目で見る。

もう二度と、彼女に会うことはないだろう。残念だけれどしかたがない。「電車で見かけたんですが」などと声をかければ、下手をすれば通報されてしまう。

などと物わかりのいいふりをしながらも、僕は未練たらたらだった。

急に向かい風でも吹いてきたように、つまりは後ろ髪どころか全身を彼女に引きずられながら、ゆっくりゆっくりと家の前を歩く。

しかし散々逡巡《しゅんじゅん》しながらも、結局は通りすぎてしまった。

「……はあ」

そりゃあため息も出る。世の中はどうしようもないことばかりだ。気になる女性も憧れの企業も、こちらからは声をかけることすら許されない。

かといって、待っていれば風に吹かれた草の塊みたいに、果報が転がってくるわけでもない。僕は二十年を無駄にしただけで、道に迷ってすらいないのだ。

「人生って、ちょっと難しすぎない……？」

などと愚痴をこぼしたときだった。

遠くでドアが開く音を、僕の庶民イヤーがかすかに拾う。

そしてすぐ、福音の調べに似た女神の声を聞いた。

「ただいま。陽子《ようこ》さんの店に配達してきたよ」

2

一杯のカフェオレとクロワッサンで目覚める朝――。

ごはん党の僕だって、そんな風に一日を始めたくなることもある。まあいままでそんな日はなかったけれど、今朝はそんな気分になったのだ。

昨日、電車の女神はパン屋のドアを開けて「ただいま」と言った。そういった発言をする可能性があるのは、店の従業員か経営者の親族だろう。

つまり彼女は今日もあの店にいるかもしれない……などと考えてはいない。僕はストーカーじゃない。だって一日は待ったし。

「僕はパンを食べたいだけ。僕はパンを食べたいだけ……」

念仏のようにくり返し、アパートのドアを開ける。

「うう……今日も朝から暑い……」

僕の下宿である「サニーハイツ」は、名前に反して陽がまったく当たらない。

坂をはさんで向かいに立っている、「グランパレス火毘腹《かびばら》」のせいだ。まあ夏は涼しくて助かるけれど、外に出た瞬間はこうして温度差にくらっとなる。

僕はしばし立ちつくした。なんとか太陽に慣れてきたところで長い坂を下る。

たいして歩かないうちに、パンの焼ける匂いがほのかに漂ってきた。

行く手の左に、こぎれいな白い家が見えてくる。

木製の玄関ドアの脇に吊《つ》り下げられた、黒いブラケット看板。そこに彫刻されている文字は、『BOULANGERIE《ブーランジェリー》 MUGI《ムギ》』と読める。

横文字というだけでいままで目に入れていなかったその店名は、第二外国語にフランス語を選択した一年次のかすかな記憶によると、「パン屋ムギ」だと思われた。ニュアンス的には「めし処《どころ》ライス」みたいな感じだろうか。

そしてこれもまた注目していなかったけれど、坂の途中にはスタンド型の両面黒板が置かれていた。見るとパンの焼き上がり時刻やおすすめのパンが、チョークで細かく書かれている。彼女を想起させる品のいい文字だ。

僕は黒板の前を横切り、レンガ作りの小さな階段を上った。

前方にこぢんまりとした庭がある。白い玉砂利が敷かれた通り道の左右には、手入れされた草花が植えられていた。彼女に似て実に可憐《かれん》である。

そんなかわいらしい庭の敷石《しきいし》を踏んで進むと、いよいよ玄関だ。

ドアの左右には大きな窓があり、店内に陳列されたパンが見えた。奥のレジにたたずむ女性には、彼女をほうふつとさせる雰囲気がある――。

「……というか本人だあれ」

急激に心臓の鼓動が早まる。彼女を目当てにやってきたのに、いや違うけど、まあ違わないけど、いざ本人を目の前にすると足がすくむ。

落ち着け僕。たしかに彼女はきれいな人だ。緊張するのも無理はない。でもいまの僕は客なのだ。パンを食べたい建前がある。気後れなんてしなくていい。彼女と会話もしなくていい。今日のところは……ちょっと様子を見るだけだ。

腹をくくってドアを開ける。

瞬間、温かくてほんのり甘いような、麦畑を連想するような、そんなパンの匂いを嗅いだ。彼女のほほえみを思わせる豊かな香りに、鼻がすんすんと動く。

そこへ「いらっしゃいませ」と声がして、僕は身をこわばらせた。

正面の奥、レジカウンターに彼女がいる。

ベージュの三角巾と、同じ色のエプロン。半袖のところがなんかいい感じにパフッとした、白いブラウス。

一分の隙もないパン屋店員の格好をした彼女が、僕に向かってあの『よく寝て起きた女神』の顔でほほえんで……はいなかった。

真顔だった。完全に真顔。

彼女がここで働いていてうれしい僕ですら、思わず「ええ……？」と引いてしまうくらいの無表情。客商売ではどうかと思うほどの無愛想。

もしや彼女は僕に気づいていて、「このストーカー野郎！」と不快感をあらわにしているのだろうか？

そう勘繰ってみたけれど、僕が移動しても目で追ってくる様子はない。少し冷たく感じるその瞳は、じっと虚空を見つめている。単に低血圧なんだろうか。

もう少し様子を見ようと、僕は店内を観察することにした。

売り場の面積はそう広くない。中央にある大きな木製の台を中心に、周囲の白い壁に作りつけられた棚などにも、トレーやカゴでパンが並べられている。

そんなナチュラルで清潔感のある店の奥、ある意味でもっともナチュラルな彼女が立つレジの背後には、少しだけ開いたドアがあった。

ドアの向こうは厨房《ちゅうぼう》であるらしく、コックコートを着た男性が忙しくしているのが見える。堂々とした立ち居振る舞いなので、この店のオーナーかもしれない。

さらに店内を見回していると、入り口右手に人がいることに気づいた。

パンを置いてない一角に小さなテーブルがふたつあり、うちのひとつで中年男性がコーヒーを飲んでいる。横の壁には「お気軽にご利用ください」と、イートイン席の案内があった。

ふと思う。あそこに座ってパンを食べれば、彼女とおしゃべりする機会もあるんじゃないだろうか。いやまあ話しかけるかは別として、話しかけても不自然じゃないというのは大きいんじゃないか？

などと打算していると、ドアが開いて新たな客がやってきた。

これから通勤すると思《おぼ》しきスーツ姿の女性。女性は店に入ってすぐ、ちらりとイートイン席に目をやった。空席を確認したのだと思う。

僕は電光石火の早業でトレーを取った。スーツ女性がカチカチと迷いトングを鳴らしている間に、適当にパンを見つくろってレジへ並ぶ。

無表情な女神が、無表情なまま会計を進めた。僕に気づいた様子はない。

「二点で三百九十五円になります」

会計が終わってしまい僕は焦った。

「あ、いや、ええと、なんだっけ、その、あの」

「イートインをご利用ですか？」

「で、です。イートインお願いします」

思わぬ形で会話をしてしまい、再び心臓が早鐘を打つ。

あからさまに挙動不審だったけれど、彼女はなにも感じなかったらしい。寝起きみたいな表情のまま、ドリンクメニューを見せてくれた。

喫茶店ではないので、頼めるものはそう多くない。コーヒー、紅茶、ミルクが基本で、バリエーションとしてカフェオレやミルクティーを選べるようだ。夏場はアイスもオーダーできるらしい。

「えっと……かっ、カフェオレを、アイスで、お願いします」

「かしこまりました。お座りになってお待ちください」

支払い後、僕は逃げるように席へと移動した。胸の鼓動が収まらない。日頃女性と話していないからか、やたらと緊張してしまう。

ちょっと落ち着こうと、目を閉じ深く息を吸った。

しかしまぶたを開けると、真っ先に彼女の姿を探してしまう。

カフェオレを入れる横顔に、『よく寝て起きた女神』の名残はなかった。けれど笑っていない彼女には、野生動物に似た孤高の美がある。

「――っ」

ふいに彼女がこちらを向いたので、僕は慌てて目をそらした。

「お待たせしました。ごゆっくりどうぞ」

カフェオレを運んでくれた彼女に、僕はぺこりと会釈する。気の利いた返しのできない自分が情けない。

しかし落ちこんでいるヒマはなかった。イートイン席を確保できなかったスーツ女性が、うらめしげな視線を送ってきている。

僕はばつの悪さを感じつつ、名も知らぬパンをいそいそとかじった。

「……まいです」

油断していたら声が出てしまった。慌てて口を押さえる。

このパン、ものすごくうまい。

というか、パンってこんなにおいしかったっけ？

久しぶりに食べたからそう感じるだけかと、恐る恐るにもうひとくちかじる。

（……まいです）

今度は声に出さなかったけれど、やはり豊穣の神へ感謝した。

このパンは間違いなくおいしい。でもこれなんていう名前だろう？

表面にはいくつものくぼみがある。くぼみには見た目も香りも畳のイグサっぽい感じの、ハーブっぽいなにかが埋まっていた。全体に散った半透明の四角い粒は、たぶん岩塩だと思う。

口に入れると外はふんわり温かく、中はしっとりもっちもち。味はほどほどに塩気があり、嚙《か》んでいるとゆるゆると感じられる小麦の風味が実にうまい。

食欲に火がついてしまった僕は、ふたつ目のパンにもかぶりついた。

こちらはベーコンみたいなおいしいハムと、ごろっとしたチーズがはさまれたサンドイッチだ。けれどパンは食パンでもフランスパンでもない。表面はカリッとしているけれど、さっきの畳パンと同じく中身がもちもちしていておいしい。

僕は畳パンともちもちサンドに夢中になった。それこそ江戸時代からタイムスリップしてきた浪人のように、食べたことのない味に目を丸くしながら、もぐもぐはぐはぐと空腹を満たした。

ふうとすべてを平らげたところで、再び視線を感じる。

顔を上げるとスーツ女性の姿はすでになかった。では誰だと辺りを見ると、レジの女神が前を向いたまま目だけでこちらを見ている。しかしすぐにそらされた。

やっぱり、彼女は僕に気づいているのだろうか？

冷静に考えてそれはないだろう。電車で隣に座った人間の顔を覚えている人なんていない。彼女はこの店の従業員だから、初めての客がパンを食べるところが気になっただけだ。

僕はなんでも顔に出る。ひとこともしゃべらなくても、表情がパンのおいしさを雄弁に伝えたに違いない。もしかしたら女神は喜んでいるかも。

それとなく様子を見ると、彼女はもうこちらに注目していなかった。表情は最初と同じすました顔で、感情の変化は読み取れない。

しかしよく見ると、右手がレジの脇でこそこそ動いていた。

手の先には、僕が最初に食べた畳パンに似た布の袋がある。彼女はそこからはみでたなにかを、しゃかしゃかとなでているようだ。

あれはなんだろう？　少し白っぽいけどトゲトゲしているし、「たわし」？

いや「たわし」をなでる意味ってなんだ。健康法？　だとしたら足の裏とかで踏むんじゃないか？　それとも「たわし」に見えるくらい毛が逆立った猫なのか？

電車での行動の真相を知りたくてやってきたのに、むしろ謎が増えてしまった。

彼女は実にミステリアス……というのはしっくりこない。

しいて言うなら、「ちょっと面妖な人」か。

我ながら言い得て妙――そうほくそ笑んでいたときだった。

図らずも、一番知りたかったことが判明する。

「ごちそうさま、麦《むぎ》ちゃん」

先客としてイートインにいた中年男性が、食事を終えて店を出ていった。表情はにこりともしないけれど、彼女も「いってらっしゃい先生」と男性客を見送る。

麦さんというのが彼女の名前らしい。そういえばこの店の名前はブーランジェリーＭＵＧＩだ。ひょっとしてオーナーの娘さんだろうか。

さて、だいぶのんびりしてしまったけれど、僕もそろそろ退散すべきだろう。席を立ってレジの前を通る。ここで「ごちそうさま」と気軽に言えればいいのだけれど、僕はぺこりと頭を下げるのが精一杯だった。

だって面と向かうと無表情は怖い。慣れるには訓練が必要だ。

というわけで、以降の僕はブーランジェリーMUGIに通い詰めた。

もちろん彼女——麦さんの「電車における謎行動」の真相を知りたいというのが目的だけれど、パンのおいしさに開眼したというのもある。

もともと生活習慣にパンがなかったこと、それに加えて朝の焼きたてを初めて口にしたことで、僕はすっかりとりこになってしまったのだ。

ただ朝のイートインは激戦区で、じっくりと商品を選ぶ余裕はない。店に入ったらすぐ目の前にあるパンを取り、とにかく席を確保する必要がある。

なので僕が食べるのはいつも畳パンだったけれど、シンプルで飽きのこない味だから不満はなかった。麦さんが入れてくれるアイスカフェオレも甘く冷たく、もはや夏の朝食にはこれしかないという感じだ。

その麦さんだけれど、こんな風に日参していると色々わかってくる。

麦さんは店のオーナーである高津《たかつ》夫妻の娘さんらしい。すなわち彼女のフルネームは「高津麦」さんだ。小麦の品種名みたいで実にかわいらしい。

そんな麦さんは東京助手大《とうきょうじょしゅだい》に通う三年生で、僕のひとつ歳下《としした》になる。普段は夕方から店にいるそうだけれど、夏休みは朝から働いているとのこと。

この辺りの情報は、いつも僕より先にきてイートインに座っている中年男性との会話から盗み聞いた。麦さんから「先生」と呼ばれている男性は常連らしく、あの無表情にも臆することなく親しげに話す。所作も体形もスマートだ。

まったく、昨今の中年男性の軟弱さには失望を禁じ得ない。もっとおじさんはおじさんらしく、「麦ちゃん彼氏いるの？　あ、最近の子は彼ピって言うんだっけ？」くらいのハラスメント発言をして、僕に情報提供をしつつ、きつく怒られてほしいものである。

なんて、他力本願をするのも今日までだ。

なにしろこの一週間、僕は三日と空けずに店に通っている。いいかげん麦さんも僕のことを認知しているだろうし、軽い挨拶をするくらいは自然なはずだ。

となればあとはタイミング——と、僕はレジに立つ麦さんを観察した。

麦さんは相変わらずの無表情で、パンを買った客を見送っている。でもいまの麦さんはとても機嫌がいい。なぜなら彼女が「たわし」をなでているから。

麦さんは客がイートインでおいしそうに食べたり、いまみたいに大量にパンを買ってくれると、人知れずレジ脇の袋からはみでた「たわし」をなでる。

あの「たわし」がなんなのかはまったくもって不明だけれど、いまの麦さんが表情よりも機嫌がいいのは明らかだ。いまならいける。

僕は意を決して席を立った。拳を握りしめてレジへ近づく。

「あの……ヒッ」

麦さんがこちらを見た。能面のような冷たい目に小さく悲鳴が出る。

「ひっ？」

麦さんが真顔のまま聞き返してきた。

「あ、いや、ええと、ここのパン、本当においしいですね」

「ありがとうございます」

「……」

「……」

会話は終わった。

いったい僕はなにを思って、いまならいけるなんて判断したのか。いくらタイミングがよくたって、僕に話を広げる技術なんてないじゃないか。

ああ、どうしよう？　このますごすご引き下がるか？　それとも無理やり食い下がるか？　だとしたらなにを話せばいい？

僕は目をぐるぐると動かして、必死に話の種を探した。

するとレジのすぐ脇に、会話の糸口が横たわっているのを見つける。

「そっ、そういえば、いつもそのたわしに触ってますね」

「接客前にはアルコール消毒しています」

麦さんがこれみよがしに手にスプレーを噴射した。

意味がわからない。麦さんの表情はいつもと変わらないようだけれど、その動作に不機嫌がにじんでいる気がする。

「す、すみません。気を悪くされましたか？」

「気を悪くしたんじゃないかと思います」

なんで推定なの？　麦さんは誰の気持ちを代弁しているの？

面妖すぎてさっぱりだ。もうなんでもいいから話すしかない。

「あの、麦さんってお名前、すごくいいですね」

「そうですか」

「そ、そうです。『ＭＵＧＩ』ってお店の名前にもしているくらいだし、なんていうかこう、ご両親に素直に愛されている感じが伝わってきます」

麦さんの表情は変わらなかった。それゆえ感情の判別もできない。

しかし冷静に考えると、話したこともない相手が自分の名前はおろか、家族構成まで知っていたら気味が悪いのではないか。僕は起死回生のつもりで、最悪の一手を打ってしまったのではないか——。

「あ、いや、いつもイートインにいる男性との会話が聞こえて、それでその、僕は自分の名前がひどくゆがんでいるから、うらやましいなって」

「ひどくゆがんでいる？」

ふいに麦さんの鼻がひくりと動いた。確か電車の中で広告のクイズを見ていたときも、こんな風に鼻をむずむずさせていたように思う。

「も、申し遅れました。僕の名前は蜜柑崎——」

「フリーズ！」

突然のポリスメン口調に僕は固まった。

「名前は言わないでください。危険です」

「き、危険？　僕は自分の名前で笑ってもらおうとしただけなんだけど……」

「それなら苗字《みょうじ》だけで十分です。ご覧の通りわたしは大爆笑です」

全然ご覧の通らない。眉のひとつも動いてない。ついでに若干失礼だ。

しかしながら、麦さんの鼻はいまもむずむず律動している。

彼女がなにを『危険』と判断したのかは不明だけれど、もしかしたら僕の名前に興味を持ったんじゃないだろうか。

「ええとですね、いま僕は自分の名前が『ゆがんでいる』と言いました。でも別に嫌いではないんです。同名の人もかつてはそれなりにいました。だから『危険』なことなんてなにもないですよ」

僕は訂正する素振りでヒントを出す。麦さんのクイズ好きにかけてみた。

すると案の定、小さな鼻がひくんと動く。

「……それでも名前は言わないでください。絶対に」

興味津々の鼻をしながら、イヤイヤをするように首を振る麦さん。

「僕が名乗ることの、なにがそんなに嫌なんでしょうか」

「人の秘密はそっとしておかなければならないんです。膝の上に乗ったハリネズミたいに。ヒントはたくさんもらいました」

なんだか変わった言い回しだけれど、要は「興味があるから自分で考えたい」ということではないだろうか。

「じゃあこうしましょう。僕は明日もパンを食べにきます。そのとき麦さんの推理を聞かせてください。その後に正解を言います」

「だから、相手に聞いてはだめなんです」

「秘密だったらそうかもしれません。でも名前ですから、別に隠してませんよ」

麦さんが無表情のままに僕を見た。据わっている目にドキドキする。

「蜜柑崎さん」

「は、はい」

「本当に名前を当てても傷つきませんか？」

「まあ……本名なので」

「お名前にトラウマなどはありませんか？」

「な、ないです。まったくないです」

しばらくすると、麦さんが「わかりました」とうなずいた。

では明日とお店を出る。夏の陽射しを浴びたとたん、僕はそれまで止めていたかのように大きく息を吐きだした。

「……死ぬかと思った」

なんでこんなに緊張するんだろう。女性に耐性がないにもほどがある。

それにしても、話が思わぬほうに転がってしまった。

謎を解き明かそうと店にきたのに、いつの間にか謎を提示する側になっている。これではミイラ取りがミイラどころか、スフィンクスになったみたいだ。

でも結果としては悪くない。このまま会話を重ねて親密になれば、麦さん本人に謎の行動を尋ねることもできるだろう。

などとのんきに考えながら、僕は豆腐丼を食べるために大学へ向かう。

今日も灼熱《しゃくねつ》の真夏日だ。気温も湿度も不快に高い。早くも背中に汗がにじむ。

けれど心は、まるで炭酸が弾《はじ》けたみたいに清々《すがすが》しい気分だった。

3

僕はくくっていたのだ。たかを。

見くびっていたのだ。麦さんを。

1．僕の名前はゆがんでいる

2. けれど嫌っているわけではない
3. 同名の人もかつてはそれなりにいた

普通に考えれば、これだけのヒントで名前がわかるはずがない。人の名前なんて自由自在に作られる。無限に広がる有象無象から正解を選び取るなんて、豆腐丼にまぎれた一粒の餅米《もちごめ》を探すよりも難しい。

つまり麦さんは、謎に正解することができない。

そこで僕が自分の名前とそのうんちくを語れば、彼女は僕を評価するだろう。そのときはきっと、『よく寝て起きた女神』の顔でほほえんでくれるに違いない。

やがて僕たちは親密になり、「麦さん、いってきます」、「蜜柑崎さん。就活がんばって」なんて会話を、朝のイートインで繰り広げるのだ。

「なんかそれって、リストラされた夫を励ます奥さんみたいだな……」

アパートを出て、坂を下りながらひとりごちる。

僕は就活から遠ざかっていることに、後ろめたさを覚えているのだろうか。

しかしなにもせずに部室でくだを巻いているよりは、いまのほうがよっぽど健全だと思う。ニガリだって『自己肯定感を高めろ』と言っていたし。

よしと利己肯定を完了し、僕はブーランジェリーMUGIのドアを開けた。

「いらっしゃいませ」

今朝もまた、ほがらかさのかけらもない顔で麦さんが出迎えてくれる。

今日こそは、この無表情を女神のほほえみに変えたい。

僕はいつものように畳パンを取り、素早くレジへ向かった。

「飲み物はアイスカフェオレをお願いします」

「本日はホットがおすすめです」

「えっ……今日は三十五度を超える猛暑日ですけど」

「本日はホットがおすすめです」

麦さんは真顔でくり返す。これたぶん「ホット」って言うまで続くやつだ。

僕は涙をのんでホットカフェオレを注文した。麦さんにはなにか特別な意図があると信じて。

イートイン席に座ってしばらく待つと、「どうぞ」とカフェオレが置かれる。熱々のそれを見ると、やっぱり単なる嫌がらせかもと不安になった。

しかし立ち上る湯気が減ってくると、カフェオレの表面にチョコシロップで文字が書かれていることに気づく。

「ス……テ……キ……」

文字を読み上げて僕は驚愕《きょうがく》した。

カフェオレで愛を告白されたからではない。

「……チ」

それが、僕の本名だからだ。

「なぜ……わかったんですか？　僕の名前が蜜柑崎捨吉《すてきち》だと」

顔を上げた瞬間、僕の呼吸は止まった。

頭がお花畑という表現があるけれど、あれはまんざら嘘《うそ》でもないと思う。

いま僕の前には広大な花畑があり、その中央にはシロツメクサの冠をかぶってほほえむ、『よく寝て起きた女神』がいた。

しかしそれもほんのつかの間で、「ヒントはいくつもありました」と話し始める麦さんの顔は、すでにいつもの無表情だ。

「『同名の人もかつてはそれなりにいた』という言いかたで、古風な名前と当たりをつけました。『名前がゆがんでいる』、『けれど嫌いではない』という蜜柑崎さんの言葉から、マイナスのイメージを持つ字が使われているという推測も立ちます……大丈夫ですか？　『マジか』みたいな顔ですけどやはりトラウマが？」

「あ、いや、大丈夫です。ちょっとびっくりしただけです」

だって笑ったのが、本当に一瞬だったんだもの。

「というかですね。僕が出したヒントはそこまででした。この問題はフェアじゃありません。それだけのヒントでは、絶対に正解できないはずです」

「ヒントはほかにもありましたよ。たとえばわたしの名前に対する感想です」

「感想……ですか？」

「あのとき蜜柑崎さんはこう言いました。『ご両親に素直に愛されている感じが伝わってきます』と」

確かにそう言った。お店の名前にしているくらいだから、よっぽど娘を愛しているんだろうと思ったのだ。

「ええと、それのどこがヒントになるんでしょう？」

「『素直に愛されている』という言い回しは、ちょっと珍しいですよね。まるで蜜柑崎さん自身は、『ゆがんで愛されている』と言いたいかのようです。そこでピンときました」

麦さんが親指と人差し指を「ぽすっ」と鳴らした。

「……いまのは忘れてください」

表情は相変わらずだけど、耳がほのかに赤い。心なしか瞳もうるんでいる。もしかしたら麦さんは、顔には出ないだけでけっこう豊かなんじゃないだろうか。

「だ、大丈夫です。脳内でパチンと鳴ったことにします。続けてください」

「……お手数おかけします。それでは続けさせていただきます」

麦さんが深々とお辞儀した。

「昔……江戸よりも前の時代でしょうか。その頃はかわいがっている子は妖怪にさらわれる、逆に拾った子は長生きするという言い伝えがあったそうです。なので自分の子に他人の男と書いて『他人男《よそお》』や、捨てられていた子という意味で『捨吉』という名前をつける風習があったとか」

そう。自分の子ではないと名前で主張することで、神や悪霊からのおめこぼしを受けられると考えていた時代があったのだ。

「早くに自分の子を亡くした豊臣秀吉《とよとみひでよし》は、のちに生まれた子には拾丸《ひろいまる》や捨吉と名づけてかわいがったらしいですね。わたしたちの世代では珍しいと感じますが、捨吉さんは当時ポピュラーな名前だったようです」

そうらしい。ものごころついてから親にあんまりな名前の由来を尋ねたけれど、愛ゆえならばと反論できなかったことを覚えている。

「でもそういう名前は他人助《たにすけ》とか、捨男《すてお》みたいに、バリエーションがあるよね。なぜ麦さんは、僕の名前が捨吉だと断定できたんですか」

「黙秘します」

「え」

「お口チャックという意味です」

「いや意味はわかるけど……ここへきてなぜ黙秘？」

「自分に都合の悪いことだからです」

それだけ言うと、麦さんはレジに戻ってしまった。

顔はいつもの無表情。耳はほのかに桜色。まあ手でたわしをしゃかしゃかしているくらいだから、機嫌は悪くないようだ。

しかし都合の悪いこととはなんだろう？　本当に謎がひとつ解けるたびに、新たな謎が生まれてくる。まったく面倒……面妖な人だ。

さておき、麦さんと僕の関係は一歩前進したと言っていいだろう。

明日は朝から「おはよう麦さん」、「おはようございます蜜柑崎さん」なんて親密に挨拶して、イートインの中年男性を驚かせちゃったりするかもしれない。

明るい明日へ胸をときめかせつつ、僕は熱いカフェオレを涙目で飲んだ。

翌日にブーランジェリーMUGIを訪れた僕は、「おはよう麦さん」とさわやかに挨拶した。しかし対する返しは無表情でのこれである。

「いらっしゃいませ」

トップ・オブ・ザ・塩対応。つれないあの子オブ・ザ・イヤー。

昨日はあんなに話が弾んだのに。誰かこの状況を説明してほしい。

いや待てよ。昨日の麦さんは真夏にホットカフェオレを勧めてきて、そこに文字を書くことでコミュニケーションを取ろうとした。彼女はそういう奥ゆかしい性格であるに違いない。世界よ、これが大和撫子《やまとなでしこ》だ。

ならばと僕も日本男児らしく覚悟を決め、カフェオレをホットで注文する。

やがて麦さんが運んできてくれたあつあつのカフェオレには、確かになにかが描かれていた。

「……これ、『たわし』？」

「うちの店の看板ペットです」

大丈夫。もう慣れた。麦さんなら台所用品を飼育していてもおかしくはない。

「なるほど。それでこれって、どういう意味なんだろう？」

「基本のカフェオレアートです。意味なんてありません。真夏にカフェオレをホットで頼むなんて、蜜柑崎さんはハードボイルドですね」

それだけ言って、麦さんはさっさとレジに戻っていく。

大丈夫。もう慣れた。というか、考えるだけ無駄だと悟った。

僕の目的は麦さんと親しくなること。「ちょっと前に電車で会ったよね？」と尋ねても、「このストーカー野郎！」と罵られない間柄になり、あの日の謎行動について問いただすことだ。

相手のクセが強すぎるのだから、方法はもっとシンプルでいい。

僕は素早く、しかし味わいながらパンを食べ終え、レジへと近づいた。

そうして持ち帰りのパンを選ぶ素振りで、ぼそりとひとりごとをつぶやく。

「不思議だなあ。電車で毎日見かけるあの家。なんで表札があるべき場所に、時計なんて掲げているんだろう？　謎だなあ」

横目で確認すると、麦さんの鼻がひくりと動いた。気のせいか目もきらきらと輝いて、口元はうずうずと震えているように見える。

「蜜柑崎さん！」

きた。これで明日は楽しくおしゃべりできそうだ。

「いくらお支払いすれば、その謎を教えていただけますか？」

「い、いや、お金はいらないけど……というかそこまでして知りたいの？　そんなにたいした謎じゃないかもよ……？」

予想以上の食いつきに僕はへたれた。

「わたしはなんでも知りたいです。　今日は母も店にいるので、お昼までなら売り場を代わってもらえます。だから謎の現場を教えてください！」

「わ、わかったから財布をしまって。ちゃんと案内するから」

迫る真顔に気圧《けお》されて、僕は麦さんと時計表札を見にいくことになった。


望口から電車に乗り、ひとつ隣の駅で降りる。

大学帰りの車窓を思い返し、謎めく家を探して夏の住宅街を歩く。

不思議な気分だった。電車で見かけた女の子に話しかけるなんてできないと思っていたのに、いまは麦さんが僕の隣を歩いている。

バイト中の三角巾にエプロンもいいけれど、私服の麦さんも実に素敵だ。

歩くたびに、ふわん、ふわんと、栗色の髪が揺れる。

ふわり、ふわりと、人魚のしっぽみたいなスカートが波立つ。

ああ……こんなに軽やかに夏を行くのに、麦さんはなぜ無表情なのか。

おまけに会話らしい会話もない。僕が「お店のパンおいしいね」と親しみをこめて話しかけても、「そうですか」と気のない返事があるばかり。

今日は「たわし」も持ち歩いていないので、機嫌の上下も確かめようがない。麦さんがいまなにを思っているのか、僕にはとんと見当がつかない。

だからこの状況を打開するつもりで、つい言ってしまったのだ。

「麦さんの髪、すごくきれいだね」

無表情のまま、麦さんが目だけでこちらを見る。

怖い。もしや怒っているのだろうか。あるいは気持ち悪いと引いているのかと、僕の血の気も引いていく。

「あっ、いや、そういう意味じゃなくて……ほら！　パンみたいだなって」

「……パン？」

感情のない目が、「なに言ってんだこいつ」と非難しているようだ。

「や、ほら、頭の後ろで編んでいる部分がさ。そういうパン、あるよね？」

麦さんが記憶を探るように斜め上を見た。

「まさに、『編みこんだ髪』という意味を持つパンがあります」

苦しまぎれが奇跡を生んだ。僕は心で快哉《かいさい》を叫ぶ。

「スイスの『ツォップ』というパンですが、蜜柑崎さんがおっしゃっているのは、おそらくエピでしょうね」

「エピ？」

「バゲットを焼く際にクープ――切れ目を入れてひねったパンです。その形状は『麦の穂』をかたどったと言われています。ベーコンエピが有名です」

「そうそれ！　僕が言いたかったのはそれです」

まあたぶんだけど。パンの名前って、なじみがない言葉で覚えにくいし。

「お客さんに美容師さんがいるんです。『ハーフアップはまとめるのが楽』とそそのかされ、パーマをかけられ、茶色く染められました。実際は毎朝編まなければならないので面倒なことこの上ないです。陽子さんにだまされました」

あれ、もしかしてやぶ蛇だった？

「ただ、パンみたいだとは気づきませんでした。本当にパンっぽいですか？」

「う、うん。僕はそう思ったけど……」

「でも縦に巻いたほうがロールパンっぽいのでは？　いっそ頭にチョココロネを二本

つけてみたほうが、子ども受けがいいのでは？」

「そ、それはちょっとやりすぎかな。いまくらいが『パン屋のおねえさん』って感じでいいと思うよ。似合ってるし」

「そうですか。ではもう少しこの髪型を続けてみます」

僕は胸をなで下ろした。不快に思われたわけではないようだし、麦さんが「街の変な人」として世間に流布する危機も阻止できた。

「子ども受けとか考えてるってことは、麦さんは将来お店を継ごうって考えてたりするのかな？」

質問した瞬間、脳内でニガリが説教を始める。『蜜柑崎。おまえは人のグランドデザインをリファレンスしている場合か？』と。

まあその通りだけれど、そもそも僕に足りないのは就活へのモチベーションなわけで。イエモンが言ったみたいに、人との出会いが自分を変えてくれる可能性だってあるじゃないか。

「はい。継ぐつもりです。が」

「が？」

「蜜柑崎さんは、人の将来を心配している場合ではないのでは？」

ほどよくドキドキしていた心臓が、一瞬、完全に止まった。

「あれ……？　僕、自分の境遇とかしゃべったっ……け？」

麦さんの表情は変わらない。しかしいきなり歩調が早まった。グンと。

「ちょっ、麦さん！　待って！」

「いいえ。急がないと、お昼前までに戻れません」

「わかった！　その言い訳を鵜《う》呑《の》みにするから止まって！」

「黙秘します」

「取り調べないから止まって！　目的地すぎてるから！」

ようやく麦さんが止まってくれた。ちらちらとこちらを警戒している。

僕はなにも聞かず、なにも言わないよう努めて歩いた。

郵便受けが埋めこまれた漆喰塀を横目に戻り、門の前で立ち止まる。

「ほら、この家だよ」

奥の玄関を指し示す。電車の中から見た通り、やはり表札があるべき場所に時計が掲げられていた。

「どう麦さん？　あれ、いない……？」

いったいどこへと首を回すと、麦さんは少し離れた電柱の陰からこちらをのぞいていた。真顔のまま僕を手招きしている。

「近づきすぎです蜜柑崎さん。ターゲットにバレたらどうするんですか」

はせ参じたら怒られた。どこまで面妖なんだろう。

「ターゲットってあの家の人？　別にバレても問題ないと思うよ。だって表札を見ているだけだし」

「それで傷つく人もいるんですよ」

「いるのかな……？　むしろあの表札は、『ツッコミ待ち』っぽいけど」

インターホンを押して尋ねてみたら、出てきた家の主人が「よくぞ聞いてくれました」と前のめりで話してくる。なんとなくそんな印象があった。

「人の秘密はそっとしておかなければならないんです。膝の上に乗ったハリネズミみたいに」

また出た。お気に入りの言い回しらしい。まあ麦さんが望まないことをする意味もないので、ひとまずは電柱の陰から様子をうかがうことにしよう。

さて。いま僕たちのいる場所からは、左斜め前に家の門が見える。

さっき通りすぎた郵便ポストは角度的に見えないけれど、門の奥——くだんの時計表札はそれなりに確認できた。

門から玄関までは三歩ほど。木製の引き戸の右側にこれまた木でできた古い柱があり、例の時計はそこに貼りつけられている。

時計自体はなんてことのない円形の壁掛け式だ。直径はおよそ十五センチ。周囲のプラスチック部分は安っぽいので、千円程度で買える代物だろう。

僕の視力では文字盤の目盛りまでは見えないけれど、長針と短針の位置は確認できた。スマホで見た時間とも一致しているので、「実は温度計だった」ということはなさそうだ。

それにしても、こんな風にこそこそしていると落ち着かない。背後にある金網の向こうを電車が通るたび、やましいことをしている気持ちになる。

「麦さんって、普段からこういう張りこみとかしてるの？」

「はい」

素直に肯定されてちょっと戸惑う。すると麦さんが言葉を継いだ。

「もちろん、人に迷惑をかけない範囲でです」

「それはそうだろうけど……じゃあ尾行とかもしちゃうのかな」

「尾行は軽犯罪ですので、事情がない限りはしません」

麦さんは駆け引きに弱いタイプかもしれない。

「なるほど。つまりは事情があったから、僕を尾行したんだね」

かまをかけてみる。表情は変わらないものの、見る間に耳が淡く染まった。

「……本当にしたんだ」

「……すみません。プライバシーに立ち入るつもりはありませんでした」

「怒ってないよ。僕の名前を調べるには、尾行するのが手っ取り早いもんね」

あの日、麦さんは問題を出された直後に僕を尾行したのだろう。

僕は寄り道もせず大学へ行き、「め組」の部室でだべっていたはずだ。部室は一階で夏は窓も開いているから、労せず中の会話を聞けたに違いない。

「いいえ。途中まではちゃんと推理しました。『捨男』や『他人助』といった候補まで絞ってからの尾行です」

「信じるよ。でも立ち聞きはあんまりよくないかな」

「返す言葉もありません。が」

「返す気満々だ」

「こう言ってはなんですが、わたしは『おあいこ』だと思っています」

はてと首をかしげたけれど、言われてみればその通りだ。

「そっか。僕も麦さんの名前を盗み聞きしちゃったもんね」

「いえ、蜜柑崎さんがわたしを尾行していたことです」

「ああそっち……って、してないよ！ ……あ！ いや、あのときはたまたま帰り道が一緒だっただけで……あれ？ じゃあ麦さん僕に気づいてたの？」

「電車で会った翌日に店にいらっしゃったので。はて？ と」

「ごっ、ごめん！ でも僕はストーカーとかそういうんじゃなくて……本当にたまたま近所に住んでいて……」

事実だけれど、それを言い訳にはできなかった。たとえ「ひと目ぼれしました」と言っても、相手が不快に思えばそれは犯罪なのだ。

「そんな風には思っていません。むしろ同類だと思っています」

「へ？ 同類？」

「蜜柑崎さんは、わたしに『謎』を感じたんですよね？ だからそれを確かめようとして、遠くから観察していたんじゃないですか」

「い、いや、それは……」

否定の言葉が出てこない。微妙にニュアンスは異なるけれど、確かに僕と麦さんがやっていることは変わらないのだ。事実、僕が麦さんに興味を持った理由は、電車内での「謎」の行動にある。

「わたしには隠さなくてもいいですよ。日頃からこんなに魅力的な『謎』を知っていること自体、蜜柑崎さんが謎解き好きの証拠です」

麦さんが玄関脇の時計を指さす。

「そ、そうだね。やっぱりあれかな。あのお宅の人は、家に入る前に時間を確認したいってことなのかな」

僕は乗っかることにした。不本意ながらも僕らは同類だ。

しかしそれは同時に、電車内での行動について麦さんに問えなくなったことを意味する。僕はあの「謎」を、自分で解かなければならなくなった。

「時間の確認と言っても、腕時計も携帯電話もある時代です。どちらも持っていないけれど、玄関でだけは時刻を確認したい。これはちょっと苦しいですね」

「……ごもっとも。じゃあ、あのお宅には小さな子どもがいるっていうのは？　その子は帰る前に玄関で門限を確認して、セーフだったらそのまま、アウトだったら裏口から入るようにしているとか」

「ユニークですね。わたしにはなかった発想です」

麦さんの目がちょっと大きくなった。

「そ、そうかな？　でも……これもだめだよね。門限に厳しい家なら、子どもに時間を確認できるものを持たせるだろうし」

「ええ。仮に持たせなかったとしても、わざわざ表札をどかして時計を掛ける必要はありません」

確かに。謎のポイントはそこにありそうだ。

「じゃあこういうのはどうかな？　『実は最初から表札がなかった』」

「時計の周囲をよく見てください。明らかに表札をはがした跡があります」

近くに寄れないのがもどかしい。しかし目をこらしてよく見ると、なるほど時計の上下に長方形の日焼けが確認できた。表札を剝がした跡と類推できる。

「すごい観察眼。麦さん名探偵だね」

「わたしに言わせれば、わたし以外の全員が名探偵です。わたしは指だってまともに鳴らせません」

謙遜にしては自虐がすぎる言い回しだ。まるで自分だけがなにもわかっていないと言いたげな響きがある。新たな「謎」のしっぽが見えた気がした。

「それにしても、暑いね」

額の汗を腕でぬぐう。そばに木があるおかげで日陰には入っているけれど、セミの声とアスファルトの陽炎《かげろう》で頭がくらくらしてきた。

「どうぞ。お入りください」

麦さんが時計表札を見つめたまま日傘を差す。

「あ、ありがとう。お邪魔します」

日傘の下に頭を入れると、すぐに出たくなった。

だって近い。こんなにそばにいたら、心臓の音まで聞かれてしまう。

「む、麦さん。僕たちはいまなにをしているのかな？」

「張りこみですね」

「この場合、張りこみしてもなにもわからないと思うけど」

「張りこみに空振りはつきものです」

そういうことではないのだけれど、麦さんに常識は通用しない。

「でも、このままいても熱中症になるだけだよ」

「わたしのことはお気になさらず。この通り、水も塩飴《あめ》も用意してますので」

涼しげな籐のバッグから出てきたペットボトルには、すでにストローキャップがついていた。とことん用意がいい。

「蜜柑崎さん。体調が悪いようでしたら帰ったほうがいいですよ」

「麦さんはどうするの？」

「わたしはお昼ギリギリまでここに張りこみます。母にはさっきラインで延長をお願いしました」

「そんなに謎が気になるなら、もう直接尋ねてみればいいんじゃないかな」

「絶対だめです！」

いきなりの剣幕に動揺し、僕は線路脇の金網までがしゃんとのけぞった。

「興味本位で人に尋ねて、それが他人には触れられたくないことだったらどうするんですか？　想像を絶するトラウマに、蜜柑崎さんは責任を持てますか？」

野次馬根性で人のプライベートに踏みこんでしまう。そうやって相手を傷つけてしまうケースは往々にしてあるけれど、表札が時計になっているだけでそこまでデリケートになる必要があるのだろうか。

でも日頃フラットな麦さんがここまで声を荒らげるのだから、その意見は尊重すべき……なんてものわかりのいいふりをしたけれど、要するに僕は臆した。

「わ、わかった。わかりました。それじゃあ僕は、このまま帰ります」

じゃあねと片手を上げて挨拶し、駅へ向かって歩きだす。

僕が麦さんと張りこみしないで帰ったのは、意外に思われるかもしれない。

しかしこれには、深くて浅い理由がある。

深いほうは、このまま日傘の中にいると心臓が爆発しそうだったから。

浅いほうは、その緊張に耐えきれず、さっき気づいた「時計表札の謎」の真相をバラしてしまいそうだったから。

4

ブーランジェリーMUGIは水曜定休である。

オープンが八時前と早い分、クローズも夕方五時と無理をしない。

住宅街の小さなパン屋は、人々の暮らしの中で営まれている。

さておき水曜の朝に行き場を失った僕は、ぐでぐでと眠ってしまって大学へも行きそこなった。

夕方に腹が減ったので駅前へ出る。

僕の下宿は望口駅の西口だ。商店街のある北口と違い、飲食できる店はブーランジェリーMUGI以外は少ない。普段は駅の一階部分にあるスーパーで惣菜《そうざい》を買っているけれど、今日は散歩をしたい気分だ。

ぶらぶらしているとよさそうな喫茶店を見つけた。

しかし入り口の黒板に「※モカロール売り切れました」と書いてある。縁がないなと駅前へ戻り、あろうことか僕はパン屋へ入った。なにがしベーカリーというチェーン店だ。

急ぐ必要もなかったのでゆっくり吟味した。買ったのは表面にチーズが散らされたパンと、少し黒っぽいパンにエビと野菜がはさまれたサンドイッチ。商品名は「チーズパン」と、「田舎パンのサンドイッチ（エビ）」だったと思う。

ブーランジェリーMUGIにも似たようなパンがあるけれど、そっちは正式っぽい名前でちょっと覚えられない。朝のイートインでは女性客と無言の席取り合戦があるので、僕は毎日食べている畳パンの名前すらうろ覚えだ。

帰宅して食べたパンはうまかった。ブーランジェリーMUGIのパンだけが特別おいしいわけじゃない。パン屋さんのパンはおいしい。それだけでも、毎日豆腐丼を食べていた僕には世界が広がった感じだ。

そんな風に、僕の世界を広げてくれた麦さんのことを思う。

麦さんはやたらと謎を解きたがるけれど、その対象には接しない。

理由は相手に対する配慮だろう。「一見なんてことないことでも、相手にとってはほじくり返されたくない心の傷かもしれない」という、深すぎる心配だ。

僕にも似たところがある。気心の知れていない人に話しかけるのは、相手の考えが読めなくて躊躇《ちゅうちょ》してしまうことが多い。

でも単なる「内気」な僕と違って、麦さんの場合は徹底的だ。

たとえばSNSで「豆腐丼うまい」なんてつぶやくと、「豆腐も食べられない人がいるのに不謹慎」、「普通に食べてほしい豆腐業者さんかわいそう」、「こういうやつが家事をしない夫になる」という具合に、自分が思いもしなかった見解が出てくることがある。まさに議論百出だ。

それがいいとか悪いって話じゃない。一見するとみんな判で押したような生きかたをしているのに、本当はそれぞれ思うところがあるということだ。

そうやって人が隠している百様の心根《こころね》に、麦さんは触れようとしない。

けれど、知りたいとは思っているはずだ。

だからうっかり相手を傷つけてしまわないように、遠くから対象を観察しているのだろう。僕に真夏のホットを勧めてきたのも、言葉で直接伝える前にワンクッション置きたかったのかもしれない。麦さんは心優しい人なのだ。

しかし健気《けなげ》に張りこむだけでは、たどりつけない真相もある。

今回の僕は僕のやりかたで、麦さんを真実へと導くつもりだ。

そうすることで、麦さんと彼女の謎に近づいていけたらと思う。

「まあ今回は、特になにもしないで真相にたどりついちゃったけどね……」

店休日明けのブーランジェリーMUGIを訪れた僕は、どうにかイートイン席を確保した。スーツ女性との対戦成績は今日で勝ち越しだ。

しばらくすると、麦さんが温かいカフェオレを持ってやってくる。

「『なるほど』？」

カフェオレの表面にチョコレートでそう描いてあった。

「くだんのお宅が、表札の代わりに時計を掲げている理由がわかりました。十一分後にまたきます」

麦さんが勝ち誇ったようにニヤリと笑い、レジに戻っていく。

電車の中でも見た『考えつく娘』の顔だった。麦さんは笑わないわけではないのだと、いまさらながらに思い知る。

ちなみに「十一分後」の理由は、その頃には来客が一段落するからだろう。住宅街のパン屋は常連の購入が主なので、忙しい時間の把握がしやすい。

僕は畳パンをかじりながらじっと待つ。

そういえば、今日もこのパンの正式名称を確認するのを失念した。でも毎日商品名のプレートを見てはいるはずだから、無意識では知っていると思う。フォルツァだったか、ポッチャマだったか、そんな感じの響きだったはずだ。

懸命に無意識をほじくり返していると、十一分たって麦さんがやってきた。

そうして僕の向かいに座るなり、突拍子もないことを口にする。

「張りこみ二日目のことです」

「ちょっと待った！　いきなりおかしい！」

僕がつっこんでも麦さんは無表情だった。それゆえ「なにがですか」と言わんばかりの不服そうな顔に見える。

「いやだって、二日も張りこんだの？」

「昨日は店がお休みでしたから。初日は収穫もなかったですし」

僕は日傘から早期撤退したことを後悔した。麦さんが休日を無意味にすごしてしまったのは、間違いなく僕のせいだ。

「あの家には、いま巴《ともえ》さんというおばあさんがひとりで住んでいます。それがわかったのは、二日目に訪ねてきた近所の友人と玄関先で立ち話を始めたからです」

麦さんが時計表札の謎について語り始めた。

巴さんは御年七十五歳。同い年だったご主人を亡くされてから二年、ずっとあの家にひとりで住んでいる。息子も孫もいるらしいけれど、家を離れたくないために同居の誘いを断っているそうだ。

「亡くなったご主人と巴さんは、評判のおしどり夫婦でした。これは友人の『おくにちゃん』談です。おくにちゃんはすぐに帰るからと家には上がりませんでしたが、結局は一時間以上も玄関先で花を咲かせ続けました。わたしのところまで聞こえる大きな声で。ちなみに前日は、足がしびれてこられなかったそうです」

「おくにちゃん情報多いね」

「大事なことですから。でもまずは洋二郎《ようじろう》さんのことを話しましょう」

洋二郎さんは巴さんのご主人とのこと。生前の彼は人が嫌がることも率先してやるタイプだったらしく、友人知人の敬意を集めていたという。冗談を言って妻を笑わせるのがなにより好きで、四十年勤めた会社を退職してからは、どこへ行くにも巴さんと一緒だったそうだ。

「故人の性格がうかがえるね。気のいい愛妻家」

「はい。しかしそんな洋二郎さんも、寄る年波には勝てません。うっすら自分の死期を察した彼は、あるとき自宅の表札をはがして時計を設置しました」

「おお、いきなり核心」

「でもおくにちゃんは、肝心な理由を言ってくれないんです」

「じゃあ名探偵の出番だ」

「名探偵ではありませんが、いくつか推理はしました」

まずはお手並み拝見といこう。

「洋二郎さんは残り少ない人生の一分一秒を大切に生きるために、玄関先だけではなく、目につくあらゆるところに時計を設置した可能性があります」

わりとしっくりくる答えだ。死期を悟った人の行動として不自然じゃない。まあ正解とはちょっと違うけれど。

「なるほど。麦さんはそれが真相だと思ってるの？」

「いいえ。洋二郎さんの献身的な性格を考えると、時計の設置は自分以外の誰かのためと考えてみるべきです。それはもちろん――」

「愛する巴さんのため？」

「ひいてはおくにちゃんのためです」

「ここでおくにちゃんなの？」

「おくにちゃんと巴さんは、女学校時代からの親友なんです」

「女学校」

大丈夫だろうか。その単語が出てくると、物語のスケールは一気に広がる。まあ「旧制」じゃなくて単なる女子校の意味だとは思うけれど、麦さんはきちんと正解にたどりつけるだろうか。

「といっても、ふたりが再会したのは十年ほど前らしいですね。それまではずっと手紙でやりとりをしていたようです」

「いいね。半世紀以上も続く友情」

「ところが、それが問題だったようです」

おくにちゃんはご主人を亡くされているそうで、身寄りがないからさびしいといった内容を手紙にしたためていたそうだ。そこで友人思いの巴さんが、「こっちにきなさいよ」と声をかけたらしい。するとおくにちゃんは本当に引っ越してきた。

「洋二郎さんが亡くなる一年前のことだったそうです」

「なるほど。それから毎日のように、巴さんを訪ねてくるようになったんだね」

「はい。そこまではよかったんです」

おくにちゃんはいつも、「すぐに帰るから」と家に入ろうとしなかった。そのくせ話し好きなものだから、二時間、三時間と、玄関先で延々おしゃべりを続ける。昨日聞いた昔話をまた今日も、といった具合に。

「奥ゆかしいのか図太いのか。巴さんは困っただろうね」

「ええ。ずっと立っていると寒いし、トイレに行きたくても話を打ち切るようで申し訳ないと思ったんでしょう。巴さん、一度は膀胱炎《ぼうこうえん》になったそうですよ」

「思いやりがありすぎるのも考えものだ」

「そこで洋二郎さんは一計を案じました。玄関先に時計を設置することで、おくにちゃんに時間を意識させることに成功したんです」

「えーっと……成功してないんじゃないかな？　だっておくにちゃん、昨日も一時間たっぷり立ち話したんでしょ？」

「それまでは二時間三時間だったので、大幅な短縮と言えます。おくにちゃんが立ちっぱなしで脚をしびれさせる回数も減ったそうですし」

「『ひいてはおくにちゃんのため』……か。なるほど」

「巴さんは昔話をしながら、時計を見てほほえんでいました。洋二郎さんの計らいに感謝するように。これが、玄関先に時計を掲げる真相だと推察します」

　麦さんが試すように僕を見た。ここで僕が肯定すれば、『よく寝て起きた女神』の笑顔が見られるかもしれない。けれど僕はそうしなかった。

「でもその理屈だと、わざわざ表札をはがす必要はないよね？」

麦さんが表情を変えずに「む」となる。僕の反論は、そもそも麦さん自身が呈した謎のメインテーマだ。

「深い理由はなかったのかもしれません。時計も表札も、フックを利用して壁に掛ける仕組みは同じですから」

そう言ったものの、麦さん自身も納得していないようだ。ポケットにあるはずの小銭が見つからないみたいに、眉毛がむずむずとくすぐったがっている。

確かに表札を外せば、フックを新たに用意する手間は省けただろう。

しかしそうすると、新たな不便が生じることになる。もしかしたら郵便配達の担当者が迷ってしまうかもしれない。

思いやりにあふれた洋二郎さんの性格からすると、他人に迷惑をかけるのは本意ではないだろう。これはけっこうなヒントだ。

麦さんが長考している間に、僕はゆっくりと畳パンを食べる。

そういえば先日テレビを見ていた折に、この畳の切れ端っぽいものが「ローズマリー」というハーブだと知った。肉や魚料理の臭い消しにいいらしく、さまざまな料理に使われていると見た記憶がある。

「蜜柑崎さんは、いつも同じパンを食べていますね」

推理に行き詰まったのか、珍しく麦さんから雑談を振ってきた。

「ああ、うん。ええと、好きなんだ、このパン。すごく、おいしくて」

我ながらたどたどしい。でも入り口の一番近くにあるからなんて言えない。

「わたしも一番好きなパンです。毎日食べても飽きないですよね」

「そ、そうだね」

うれしいけれど、困ったことになった。本当は正式名称すら覚えてないなんて言えば、パン好きの麦さんは悲しむだろう。いまのうちに思いださなければ。

なんだっけな。外国語なのは間違いないんだけど……。

「だからあの子も、同じ名前なんですよ」

「あの子？　誰のこと？」

麦さんがいったんレジに戻り、例の「たわし」が入った布袋を持ってきた。ペットだとは聞いていたけれど、まさか台所用品に名前までつけているとは。

どう反応すべきかと様子をうかがっていると、テーブルに置かれた「たわし」が突然もぞりと動きだす。

「えっ？　えっ？」

パン柄の袋からずりずり出てきたそれは、針で覆われた体をぶるっと震わせた。

そうして辺りを見回すと、麦さんと同じ愛くるしい無表情で、僕にじいっと視線を定める。

「これ……ハリ……ネズミ？」

「はい。うちの店の『まねきハリネズミ』です」

そういう種類がいるんだろうか。いやいままでの経緯を考えると、麦さんがそう呼んでいるだけの確率が高い。

それにしても、たわしがハリネズミだとは思わなかった。だってこいつはいつも袋の中でおしりと背中を半分出して、じっとしているだけなのだ。ハリネズミというより、「しりネズミ」のほうがふさわしい。

などと初対面で失礼なことを思ったからだろうか。ハリネズミはちょこまか歩いて僕のところへやってくると、したたと腕を駆け上がってきた。

「うわ、うわ」

「珍しいですね。ハリネズミは人に慣れない生き物なんですが……？」

僕の肩にたどりついたハリネズミを見て、麦さんが首をかしげる。

「えっと、これいいの？　嚙まれたりしない？」

動物は好きなほうだけれど、僕はハリネズミのことなんて全然知らない。

「ハリネズミが自分から攻撃することはありません。針もあくまで身を守るためのものの……ん？　わたしになにか伝えたいの？　……『蜜柑崎さん』？」

ハリネズミは鼻先で僕の首筋をつっついているようだ。「攻撃」ではないのだろうけれど、あごに針が当たってちくちくと痛い。かなり痛い。

「……『は置いといて』？」

「待って麦さん。ハリネズミがそんなジェスチャーするの？」

首筋にくっつかれているので、僕からは動きがよく見えないのだ。

「しませんよ。でもなんとなくわかるんです。わたしたちは似たもの同士なので」

まあ表情がないところは似ているかも——なんて考えている間に、ハリネズミは僕の下腹部へと移動する。

「蜜柑崎さんのおなか？『惜しい』？　もっと下のほう？」

「お、おい！　待て！　こら！」

それ以上を言わせてなるかと、僕は股ぐらのハリネズミを捕まえようとした。

「フシュ！　フシュ！」

「うわ、丸まった。ウニだ」

体を丸めて防御姿勢を取るハリネズミ。つついてみたらやっぱり針が痛い。

「でも……これはかわいいかも」

僕のふとももの間で、ハリネズミは仰向けのまま丸くなっている。

目が三角なので「テコでも動かん！」と怒っているようだけれど、単にハマってしまって抜けだせないのかもしれない。

僕がふふと笑っている間も、麦さんはジェスチャークイズを続けている。ハリネズミは動いていないので、目を見て会話しているらしい。

「蜜柑崎さんの下のほう……あ。下の名前ってこと？　『捨吉』さん？」

イガグリ状態だったハリネズミが、ゆっくり針を寝かせて顔を上げた。まるで「正解」だと言わんばかりに。

「珍しい名前が時計表札の謎のヒントなの？　……あ」

麦さんがニヤリと笑った。『考えつく娘』の顔だ。

「わかりましたよ蜜柑崎さん！　洋二郎さんが表札を外して時計を掲げた理由は、姓が『とけい』さんだったからです！」

聞いた瞬間、僕は不覚にも顔をゆがめてしまった。

麦さんを正解に導くのは僕だったはずなのに。あろうことかしりネズミにその役を奪われてしまうなんて。

「……正解です。漢字で書くとこうだよ」

僕は麦さんにペンを借り、紙ナプキンに「解井《とけい》」と書いた。

「蜜柑崎さんは、最初から正解を知っていたんですか？」

「僕が気づいたのは、麦さんとあの家に行った日だよ。最初に家を通りすぎて戻るとき、麦さんは僕を警戒して周りをよく見てなかったよね？」

「……そうですね。あのときは尾行の件を追及されたくなかったので」

「僕はそこで見ちゃったんだ。白い漆喰壁に埋めこまれた郵便受けを。そこにはローマ字で、『TOKEI』と書いてあったよ」

あとは簡単だ。ブーランジェリーMUGIに夢中で通っていたおかげで、僕は電話帳を捨て忘れていた。調べてみたら「とけい」と読める姓は、「解井」さんしかなかった。もちろん住所も同じだ。

「郵便……受け……？」

麦さんが真顔のまま、ぽけっと口を開けている。

「うん。張りこみをした電柱の陰からは、門は見えても角度的に郵便受けは見えなかったよね。ちょっと近づけばわかることなんだけど」

それを伝えることが僕にはできなかった。だって麦さんは麦さんのやりかたで、真剣に謎に挑んでいたから。

「こんなに単純なことを見落とすなんて……わたしはやっぱり名探偵じゃありませんね……指も鳴らせませんし……」

「いやそんなに落ちこまなくても。麦さんの推理は途中まで完璧だったよ」

「でも自分ひとりでは、正解にもたどりつけませんでした。だからわたしは人の気持ちがわからないんでしょうね……」

麦さんがうつむいて、両手でエプロンをぎゅっとにぎっている。顔には出ていないけれど、言葉以上に落胆しているようだ。

「『人の気持ち』って、ちょっとおおげさじゃないかな。だって麦さんはいい線いってたよ。洋二郎さんの性格にも言及していたし」

「『人の嫌がることも率先してやる』という話ですか？」

「そっちじゃなくて、いつも巴さんを笑わせていたってほうだよ。洋二郎さんは自分が亡くなったあとも巴さんを笑わせたかったんだ。だから表札を外して時計にするという、バカバカしいことをやったそうだよ」

麦さんが見たところによれば、巴さんは時計を見てほほえんでいたらしい。きっと彼女は毎日のように、旦那さんにあきれて笑っているのだろう。

「ちょっと待ってください！　いま蜜柑崎さんは、『そうだよ』と伝聞でおっしゃいましたね？　まさか、本人に直接聞いたんですか？」

しまった。

「いま『しまった』って顔しましたね？」

「ご、ごめん。麦さんが人と直接関わりたくないのはわかってたけど、それでも僕はきちんと『真相』を知りたかったんだ。電話をしたら、巴さんはうれしそうに話してくれたよ。洋二郎さんがいかに自分を笑わせてくれたかって」

早い話、僕は麦さんが『よく寝て起きた女神』の顔でほほえんでくれるような答えを欲していたのだ。

「なんてことするんですかっ！」

麦さんの口元がわなわな震えている。怒りが瞳を濡《ぬ》らしている。

「あれほど注意したのに！　今回はたまたま『ちょっといい話』でしたけど、本当は触れられたくない心の傷だったかもしれないんですよ！」

「それはそうだけど……でもなんでそこまでこだわるの？　せっかく推理しても、直接聞かないと真相がわからない場合もあるよね？」

「誰かを傷つけるくらいなら、わたしは真相なんて知りたくありません」

けれど本当は知りたい。だから麦さんは遠くから推理するのだ。それをわかっていたはずなのに、僕は自分の判断で麦さんを傷つけてしまった。

「ごめん麦さん。本当にごめん……」

「……今回は許します。蜜柑崎さんが謎を提供してくれたことには感謝していますから。できたら今後もお願いしたいですし」

「え、ほんと？」

「でもこれからは、野次馬根性で人の心に踏みこまないと約束してくださいね！　絶対ですよ！　わかりましたか？」

僕は心から反省した。それを顔に出して、「わかった」とうなずくべきだった。

なのに人間というのは不思議なもので、僕はここへきて畳パンの正式名称を思いだしてしまった。そうしてうっかり、それを口にしてしまった。

「フォカッチャ」

僕の股ぐらでハリネズミが反応し、つぶらな瞳で見上げてくる。

そういえば彼、あるいは彼女の名前も、このパンと同じだったっけ。

「……ぷっ」

なぜか麦さんがふきだした。

今度こそ『よく寝て起きた女神』の顔で、のびやかに大笑いしだした。

僕はうれしいはずなのに、どうにもきょとんとするばかりだ。

「卑怯《ひきょう》ですよ！　『わかった』のタイミングで『フォカッチャ』なんて！」

「ああ、なるほど。意図してなかったけれどそれは確かに……ぶふっ」

僕もふきだしてしまった。だって麦さんの笑顔が本当に素敵だったから。

電車での行動が気になるとか、パンがおいしいからとか。

いままで色んな理由を並べ立てたけれど、僕はただこの笑顔を見たかっただけなのだと思う。

要するに、僕は高津麦に恋をしていたのだ。


その後、僕は本日二度目の白状をした。

急いでパンを買うので、フォカッチャという名前は覚えていなかったことを。けれどそのパンはとてもおいしくて、毎日食べても飽きなかったことを。

「うちの店は、ここからここまで全部フォカッチャですよ」

店の中央に配置された大きな台には、大小さまざまなカゴが載っていた。手前にある畳パンあらため「フォカッチャ」はもちろんだけれど、いつも一緒に買う「ハムとチーズのパニーニ」も、砂糖をまぶした「フォカッチャ・ドルチェ」というスイーツに近いものも、すべてパン部分はフォカッチャだと知る。

「最近はコンビニやファストフードにもメニューがありますし、フォカッチャの専門店も増えてきました」

「そうなんだ。こうして見ていると、本当にどれもおいしそうだよね」

いま食べたばかりだから空腹ではないのに、色とりどりのパンを見ていると全部トレーに載せてしまいたくなるから困る。

我慢できずに、僕は「トマトとオニオン」のフォカッチャを追加で買った。かじると「……まいです」と感謝が漏れたけれど、同時におやと既食感を覚える。

もっちりした食感とほのかな塩気。温かさの残ったチーズの香り。タマネギの甘みとドライトマトの酸味。絶対にどこかで食べたことのある味だ。

「このパンって、なにかに似てるよね。ナンじゃなくて……」

「ピザじゃないですか？」

「そう！　フォカッチャってピザ生地っぽいんだ」

「フォカッチャはピザの原型ですから」

ということらしい。でも口の中でふかふかするパンのおいしさは、ピザよりちょっとだけ幸せな感じがする。

「お？　フォカッチャも食べたいのかな」

ハリネズミのほうのフォカッチャが、僕の指に鼻を近づけて、しゅんしゅんと匂いを嗅いでいた。

「ハリネズミは臆病な生き物ですけど、フォカッチャは好奇心が強いんです」

それってなんだか、麦さんのことみたいだ。

「ごちそうさまでした。すごくおいしかったです」

パンを食べ終えて席を立つ。今日も充実した朝食だった。

「そうですか」

さっき笑顔を見せてくれた麦さんは、早くも無表情でレジへ戻っていく。

「ええ……？」

ちょっと愕然《がくぜん》となった。少しは親密になれたと思っていたのに。

でも、多難な前途は迷わない人生よりよほどいい。

それにいまはまだ夏。

春からは、一番遠い季節だ。

Hedgehogs' bench time -夏-
フォカッチャ、月に吠える

ぼくたちのハリは、人を傷つける。
でも人の言葉にもトゲがある。心にケガをさせることがある。
心に刺さった言葉のトゲは、ずっとずっと抜けない。
大人になっても、もっと老いても、チクチクと胸の中で痛むって。
窓辺に飛んできたハトが教えてくれた。
ハトは渡りの小説家。
家から出たことのないぼくより、人の世界をたくさん知ってる。
ハトにその話を聞いてから、ぼくはムギのことを考えた。
ムギはぼくの飼い主。
夜になるとこの部屋で、ぼくが寝ていたときのことを話してくれる。
パンのこと、お客さんのこと、学校のこと。
大好きなパパママ、大好きな友だちのこと。
それから熱心に続けている、「謎解き」のこと。
話しているときのムギは楽しそう。
でもときどき、胸を押さえてつらそうな顔をする。
悲しいことがあった？

暗い穴からモグラが出てくるっておびえてる？
ぼくが丸まっても、転がっても。
部屋中を走り回って、毛布をかじって遊んでも。
つらそうなときのムギは、ちっとも相手をしてくれない。
たぶん、心がチクチクしてる？
ぼくにできるのは、パンの匂いがする指をなめるくらい。
だから今度ハトがきたら聞いてみる。
心のトゲを抜いてあげる方法？　って。
ハリだって抜けるんだから、トゲだって抜けるはず。
「お風呂出たよー。フォカッチャ？　どこ？」
ムギが帰ってきた。ぽかぽかしてる。
「またこんなところに隠れて」
ベッドの脚と、壁の間の五センチ。そこがぼくのお気に入り。
走って遊んで疲れたら、ぼくは隙間でいろいろ考える。
「ほら、出ておいで。今日は体にフンもついてないし、お風呂には入れないから」
フンがついているくらいで、洗面器に放りこむのやめて。

「よいしょ。トゲモンゲットだぜ」

ムギが両手でぼくをすくった。ぽてんとベッドの上に置いた。

ぼくは背中のハリを逆立てた！

「あ、忘れてた。お母さんが柔軟剤変えたって言ってたっけ」

知らない匂い！ 知らない匂い！

「ごめんごめん。そんなにフシュフシュしないで」

だって、びっくりした。いつもと違うから。

「それにしても……くっ……くくっ」

ムギが震えてる。どうした？ モグラ？

「フォカッチャって！ フォカッチャって！」

ベッドがバンバンとたたかれた。ぼくはタオルケットを転がる。

くるくる。楽しい。

「絶対わたしも使おう。フォカッチャ……くくっ」

お店のムギはヒツジみたいにぼーっとしてる。

でも部屋にいるときは、カワウソみたいによく笑う。

「蜜柑崎さんって、フォカッチャのこと『畳パン』って呼んでたんだって。おまけにフォカッチャのことは、『たわし』だと思ってたって」
最初のはパンの、二番目のはムギがつけてくれたぼくの名前。
ミカンザキは失礼なやつ。
ぼくは鼻先と背中が黒っぽくて、おでことおなかは白っぽい。
どう見てもヨツユビハリネズミ。「たわし」なわけがない。
ぼくは怒った。背中のハリもパキパキ。
「フォカッチャまだ怒ってるの？　あ、ひょっとして蜜柑崎さんに怒ってる？」
ムギは、ぼくのことをよくわかってる。
ぼくも、ムギのことをよくわかってる。
だから、ミカンザキはすごいやつでもある。
お店のムギを、カワウソみたいに笑わせたから。
「どうどう」
丸まっていたぼくを、ムギがちょんとつつく。
体が揺れた。ゆら、ゆら。眠く、なる。
「蜜柑崎さんも、尾行のこと怒ってるかな。顔は笑ってたけど……」
ムギは知ったたって言ってた。

ミカンザキのこと。知らなくていいこと。

「定期の名前がかすれて読めなかったから……って、言い訳にならないよね」

あのときも、ムギは怖がってた。

「……だめだよね。あんまり他人に興味を持たないようにしないと。猛省」

ムギがぼくを揺らすのをやめた。机の上の写真を見た。

ぼくも眠いけど見た。

小さな頃のムギが、パパママと一緒に笑ってる。

「ん？　どうしたの？」

ぼくは眠いのを我慢して、ムギの手のひらに乗った。

腕をよじのぼる。

けれど無理だった。

ぼくは転がりながら落ちた。

「ふふ。遊んでほしいの？」

違う。楽しかったけど違う。

ぼくはムギをはげましたい。

仲がいいのに、ムギはパパママの写真を見ると悲しそうになる。

たぶん、心がチクチクしてる？
ぼくは、もう一度ムギに上ろうとした。
ひょいっと、体が浮いた。
「ごめんね。明日早いから、もう寝るね」
ムギにケージへ入れられて、ぼくは抗議した。
「はいはい、フシュフシュ。おやすみ、フォカッチャ」
部屋が暗くなった。
少しだけ開いた窓の向こうに、月と夏の星が見えた。
ぼくは、ふしゅっと鼻を鳴らした。
ポプラのチップに鼻をつっこんだ。
また月を見る。
ふしゅっと鼻を鳴らす。
ぼくはハトが飛んでくるのを待つ。
じっと待つ。
じっと。

第二話　さかさまパン・オ・ショコラ

~Pain au chocolat（パン・オ・ショコラ）~

クロワッサン生地の中にバトンチョコが詰まった正方形のパン。パン大国フランスが誇る、「世界一おいしいパン」の一角。バターが香るサクサクとした生地。ほどよくとろけたビターなチョコレート。人は頭の中でカロリー計算を始めるが、どうせ抗えないのだから素直に運動しよう。

1

「謎をくれ！」

僕は部室のドアを開けて叫んだ。

「なんでぇ捨《す》てきっつぁん、藪《やぶ》から棒に」

「いったいぜんたい、どうしたってんだぁ捨の字」

中央に置かれた裸こたつの左と右で、ふたりの男が振り返る。

ここは大学非公認サークル「めし食いたい組合」、略して「め組《ぐみ》」の部室だ。

僕たちは組合員それぞれが実家からの仕送りを持ち寄り、日々の昼食代を浮かそうと試みる清貧の集団である。

メンバーは米問屋の息子でリーダーの丼谷《どんぶりだに》、豆腐屋の次男坊で唯一実家住まいのニガリ、家は茶葉農家なバンドマンのイエモン、そして名前に反して酒屋の息子という、僕こと蜜柑崎捨吉《みかんざきすてきち》の四人だ。

僕らは全員が来年卒業する四年生でありながら、丼谷以外は進路が決まっていないという迷走の徒でもある。まあまだ十月だから大丈夫。うん。

それよりも、いま僕にとって大事なのは「謎」である。

「ふたりとも意味不明な口調をやめて聞いてくれ。僕は謎がほしいんだ」

「蜜柑崎ってさあ、フェスとかで地蔵になってるタイプでしょ？　せめてノリッツコミくらいしてよ」

イエモンがギターをもてあそびながら肩をすくめた。

「まったくだ。おまえには俺たちクラスタの空気感がわからないのか？」

ニガリも不服を申し立てる。彼はその意識の高さゆえに、数々の内定を辞退してなお面接を受け続ける就活求道者だ。ニガリがいつ就活をやめるのかは誰にもわからないし、実のところ言っていることもよくわからない。

「名作である」

こたつの正面で丼谷が将軍のように声を轟《とどろ》かせた。

迷走の徒である僕たちからすると、我らがリーダーは上様ポジションにいる男である。丼谷は親から殿様商売を引き継ぐボンボンであり、なおかつ故郷には幼なじみの許嫁がいるのだ。持たざる僕たちからすれば、まさしく殿上人だろう。

「名作？　また映画か？」

「ああ。いまからみんなでこれを見るんだ。就活にもマストだぞ」

　ニガリがこたつの上の映像ディスクを指さした。

「『七人の侍』……世界のクロサワか」

「そそ。だから敬意を表して、時代劇口調で気分を作っているのでござる」

　とってつけたような語尾でおどけ、緑の髪をかき上げるイエモン。

　彼はカラリとした性格かつ紅顔の美少年だけれど、残念ながらバンドマンだ。ゆえに世間からは色眼鏡で見られている。バイト先の女性が泣いていれば彼に捨てられたことになるし、手違いで家賃の振りこみが遅れただけで、「踏み倒される前に」とアパートも追いだされる。

　不遇のあまりに泣けてくるけれど、本人はロックなエピソードが増えたと喜んでいる。バンドマンというのは本当にどうしようもない。

　とまあ、そんな人間の集まりなので、僕たちは基本的にヒマである。

　ゆえに授業のないときは、こんな風に部室でだらだらするのが定番だ。季節は芸術の秋ということで、最近は映画鑑賞が組合内で流行している。

「クロサワ映画が就活に必須かは疑問だけど、見たことないから興味はあるな。今日はほかにどんな映画があるんだ？」

　僕が尋ねると、「俺はこれ！」とイエモンが新たなパッケージを出してくる。

「『サカサマのパテマ』。相反する重力世界に住む主人公とヒロインが出会い、天地さかさまで手を取りあって運命に立ち向かうアニメ映画だよ」

「天地さかさま……つまり全編に渡って崖から落ちたヒロインを主人公が引き上げるみたいな絵面《えづら》なんだな。なるほど面白そうだ」

続いて「俺はこれだ」と、ニガリが別の作品を見せてくる。

「『アップサイドダウン―重力の恋人―』。二重のバイアスが存在する世界でインフルエンサーとアーリーアダプターが出会い、天地さかさまで手を取りあってファクターに立ち向かうSF映画だ」

「天地さかさま……つまり全編に渡って崖から落ちたヒロインを主人公が引き上げるみたいな絵面なんだな。完全にかぶってるな」

「かぶってないよ！　『七人の侍』と『荒野の七人』くらい違う！」

「ああ。蜜柑崎の発言は、『ゾンビ映画はみな同じ』級のヘイトスピーチだ」

僕はここのところ忙しかったため、あまり部室に顔を出していない。その間に、僕以外のメンバーはかなりの数の映画を鑑賞したようだ。

「わかった。僕が悪かった。それはさておき、なにか謎はないか？」

僕は謝罪して話題を変えた。世の中に、にわか映画マニアと言い争うことほどの不毛はない。

「謎？ なんだ蜜柑崎。リアル脱出ゲームでもアントレプレナーか？」

違う。僕が求めているのは日常における疑問のようなものだ。できればネットで調べても類例のない、プライベートなものが望ましい。

「ってか蜜柑崎、なんで謎なんか探してんの？」

なぜ僕が謎を求めるかというと、夏休みに女神と出会ったからだ。

彼女の名前は高津《たかつ》麦《むぎ》。東京助手大《とうきょうじょしゅだい》に通う三年生。

普段の麦さんは愛想のかけらもない人だけれど、日常におけるささいな謎——たとえば道に片っぽだけ落ちている靴下の意味——を解いた瞬間は、思わず息を止めて時の流れに抵抗したくなるほど、いい顔で笑う。

早い話、僕は麦さんに恋をしたのでなんとか笑わせたいのだ。

ゆえに夏の終わりは部室へくるのも忘れ、僕は「謎」を探した。

けれどどこを歩いても見つからない。鞄《かばん》の中も机の中も探したし、明けがたの街や桜木町《さくらぎちょう》まで出張《でば》っても、麦さんの興味を引きそうな謎はなかった。

まあ冷静に考えれば、日常に謎がぽんぽんあっても困るだろう。

あるいはそこに謎があっても、誰もが「謎」と認識できるわけじゃない。人は「見て」いるけれども「観察」していないという、名探偵の言葉もある。

いや、謎の在りかたはどうだっていいのだ。僕はとにかくネタがほしい。

なので最後の手段として友人たちを頼ったわけだけれど、申し訳ないが謎を探している理由を伝えるつもりはない。

「えーと……姪《めい》っ子が学校の宿題で謎を探してるんだ。謎ってのは『表札の代わりに時計を掲げている家』みたいな、そういう感じのやつだよ」

ヒマ人集団にディナーの支度を頼んだら、テーブルクロス引きに興じるだけだ。そんなやつらに「好きな人ができた」と告げるなんて、「ぶち壊してくれ」と言っているに等しい。

「なるほどコンセンサス。俺もコージーミステリは嫌いじゃない」

「おお……さすがニガリは話が早い。僕が求めているのはそういうのだ」

「じゃあこういうのは？『ここんとこ蜜柑崎がつきあい悪い理由』。好きな子ができたとかだったりして」

イエモンがニタァと笑う。バンドマンのくせに勘がいい。

「そ、そんなわけないだろ。好きな人ができたら真っ先に『め組』で報告するさ」

「ふーん……じゃあなんで最近つきあいが悪いわけ？」

「それは……」

僕がごにょごにょと言葉を濁していると、丼谷が口を開いた。

「マジ卍《まんじ》である」

助け船でも出してくれるのかと思ったら、殿はいきなりご乱心めされた。

「どうしたんだ丼谷。昼間から酔ってるのか？」

部室の冷蔵庫には、僕の実家から送られてきたビールが詰まっている。なので興が乗ると昼間から酒盛りすることもあった。実際いまも、こたつの上には空き瓶が三本ほど置いてある。

「否。ミステリィである」

「ミステリィ？　僕の謎の話か？」

そこで「あ、なるほど」と、イエモンが膝を打った。

「いやさ、最近俺んちのほうで落書きを見るんだ。『500卍』とか書いてある変なやつ。さっき丼谷にも話したんだけど、確かにあれも謎っちゃ謎だね」

詳しく聞いてみると、イエモンが街をぶらぶら歩いていると、公園やら市営プールといったあちこちで、「500卍」や、「血31なんとか」というような落書きを見かけるらしい。

それのどこが謎かというと、落書きは次の日には必ず消えていて、しばらくするとまた現れるというのだ。

「おお、ミステリィ……！　ありがとうイエモン。すぐに調査してみるよ」

喜び勇んで部室を出ようとすると、「待て」と呼び止められた。

「蜜柑崎。就活状況にイノベーションはあったのか？」

ニガリがリクルートスーツのネクタイをゆるめた。説教モードがくる。

「う、うん、まあ、ぼちぼち」

僕は四年になってから、まともに就職活動をしていない。

なぜなら子どもの頃から憧れていた会社が今後の採用を中止したため、戦う前から夢破れたのだ。いまだにほかの企業に就職することも考えられず、ずっと失恋に似た喪失感を抱えている。

「嘘はつかなくていい。TOEIC四点みたいな顔で家と大学を往復するだけだったおまえが、いまはなにかに忙しくしている。それが俺は友としてシナジー」

「『うれしい』みたいに言ったけど、意味違わないか？」

どうやら酒を飲んでいるのは、井谷ではなくニガリだったらしい。

「でも春先の蜜柑崎は、本当に死にそうな顔してたからね」

イエモンがニカッと笑う。丼谷もうむとうなずいた。

確かに今年の春頃だった。僕の憧れだった体四計社《たいよんけいしゃ》が、今後の社員募集をしないと知ったのは。

「だが同時に友として思うわけだ。ペンディングはよくないぞと」

「ペンディング？」

「もう秋だから採用活動を継続しているところも少ない。フィックスしてない気持ちで行きたくもない企業の面接を受けても、フィードバックは得られない」

ニガリはいくつもの内定を辞退して、いまも理想の企業を追い求めている就活のプロだ。不利な状況での活動の厳しさを誰より知っている。ゆえに就活するするとうそぶくだけなら、しないと決めたほうが有益と言いたいのだろう。

「だねー。宙ぶらりんをやめてフリーターになるって決めちゃったほうが、腹も据わって自分のやりたいことが見えてくるかもよ」

イエモンは最初から就職活動をせず、バンドで食っていくと宣言した。人はそれを笑うだろうが、僕は凡人に真似《まね》のできない勇気ある決断だと尊敬する。

ふたりは僕の将来を心配して言ってくれている。

けれど僕は、就職に対して「どこでもいい」とは割り切れない。「どこへも行かない」と判断を下す勇気もない。自分でも心底ダメ人間だと思う。

「と言っても、蜜柑崎は究極のシングルタスクだからな」

「変に完璧主義だしね」

「コンビニ弁当を食べながら、スマホをいじれない低スペック」

「コンビニ弁当を温めるときに、ポテトサラダだけよけておく」

「ニガリ、イエモン……ふたりが僕をフォローしてくれているのはわかるけれど、たとえがみみっちくて素直に感謝できないよ……」

でも、確かに僕はそういう性分だ。豆腐丼をかき混ぜないのと同じで、ものを食べるときは真剣に食べたい。ふたつのことには同時に向きあえない。僕はあきれるくらいに不器用貧乏だ。

「まあいまのはエビデンスだ。蜜柑崎はなにかに夢中になっていると、ほかのことにはバッファがない。自覚しておけ」

「そうそう。とりあえずキリのいいところまで、いまやっている忙しいなにかを終わらせてきたら？　終わるならね」

「食うがいい捨吉。元気があればなんでもできる」

丼谷が僕に豆腐丼を突きだす。

「みんな……ありがとう」

僕が感謝して豆腐丼を食す間、なぜか面々はニヤニヤしていた。

望口《のぞみくち》の駅で電車を降りて、坂道を上りながら腹をさする。

友人たちの応援には感謝するけれど、はげまし代わりに豆腐丼を大盛りにされたのは弱った。僕はこの後におやつを食べなければならない。

僕が思いを寄せる麦さんは、パン屋でアルバイトをしている。ブーランジェリーMUGIという店の名前からわかるように、彼女はオーナーのひとり娘だ。

夏休みの麦さんは朝からお店で働いていたけれど、後期の授業が始まってからは夕方のシフトに移っている。おかげで朝に通っていた頃よりも、イートイン席の争奪戦は平和になった。

とはいえ、なにも食べずに席を占領するなんてできない。僕はだいたいパンをひとつかふたつ買い、麦さんにカフェオレを入れてもらうことにしている。

ゆえに現在の腹具合は歓迎できない状況だ。食欲の秋にも限度がある。

やれやれと空を仰ぐと、視界の隅にスタンド型の両面黒板が入った。

ブーランジェリーMUGIは住宅街の小さなパン屋であり、一軒家の一階部分で営まれている。だから大きな目印はなく、玄関ドアの脇に吊《つる》されているブラケット看板と、パンの焼き上がり時刻を書いた黒板が店のシンボルだ。

麦さんが書いた美文字に見とれつつ、玄関のドアを開ける。

「いらっしゃいませ」

出迎えてくれたのは、ベージュの三角巾とエプロンを身につけた女性。

切れ長だけれど据わった目。つややかだけれど閉じた口。

ああ……今日も麦さんは美しく、営業スマイルのかけらもない。

「こんにちは」

「……」

いつものように挨拶すると、麦さんは僕を一瞥しただけで接客に戻った。

これでも夏休みには一緒に出かけて謎を解いたりしたのだけれど、僕たちはまるで親密になる気配がない。どころか会話もおぼつかない。

でも今日は奥の手があるもんねと、僕はパンを選んでレジに並んだ。

淡々と会計が進む中、付近のお客さんに聞こえない小声でささやく。

「コーヒーもお願いします。今日は謎を仕入れてきました」

僕の言葉に反応し、麦さんの鼻がひくりと動いた。これはなにかに興味を持ったときの、麦さんのかわいい癖である。今日はまともにおしゃべりができそうだ。

「……ふむ。なるほど」

背後でつぶやくような声が聞こえ、ちょっと振り返る。

先ほどまで麦さんが対応していた女性客が、あやしく笑って僕を見ていた。

麦さんと同じ二十歳くらいだろうか。短いボブカットにかわいらしい印象を受けるけれど、どことなく油断ならない雰囲気もある。

なんだか値踏みされているような感じだ。ツボを売りつけられても困るので、僕はそそくさとイートイン席へ逃げる。

さて。麦さんがやってくるまで、ひとまずパンを楽しむこととしよう。

今日のお供は「パン・オ・ショコラ」だ。四角く成形したクロワッサンに、棒状のチョコレートを二本はさんだパン。ここへ通い始めた頃の僕はフォカッチャばかり食べていたので、最近は甘いパンを好んで選んでいる。

ではと、ほんのり温かいパンを鼻先に近づけた。

このふわりと漂うバターの香りには、満腹状態でも決して抗《あらが》えない。ごくりとのどを鳴らして口へ運ぶ。

最初にサクサクした独特の食感。

次いで甘くもちもちしたパンのうまみが口の中に広がる。

最後にほどよくとろけた棒チョコの、濃厚かつ甘すぎない風味が加わった。

「……まいです」

甘さ×甘さ。香ばしさ×ビターテイスト。

ブーランジェリーMUGIのクロワッサンは単体でも十分おいしいのだから、この組みあわせにはもはや服従するしかない。僕は恍惚《こうこつ》とした表情で、豊穣の神へ感謝を捧《ささ》げるばかりだ。

「クロワッサン系は、断面もいいですよね」

「うん。ミルフィーユのように幾重にも折り重なったパンの層。その計算された空間はもはや芸術……って、え？」

気がつくと、目の前に先ほどのあやしい女性が座っていた。

「こんにちは。相席してもよろしいですか？」

ブーランジェリーMUGIにはイートイン用の席として、小さな丸テーブルがふたつある。それぞれに椅子が二脚あるので相席は可能だけれど、いまはもうひとつのテーブルに誰も座っていない。つまり相席をする必要がない。

「ど、どうぞ」

なのに僕は断れなかった。女性がかわいかったからラッキーなどと思ったわけではない。彼女には有無を言わさぬ「圧」があったのだ。

「さて――」

女性が口を開く。すわツボかと身構えた。

「あなたは蜜柑崎捨吉さんですよね？　最近、麦ちゃんにつきまとっている」

僕は激しく咳《せ》きこんだ。パンのかけらが舞い上がる。

「なっ、なんなんですか藪から棒に！　僕はつきまとってなんかいません！」

「でも毎日お店にきてますよね？　麦ちゃん目当てに」

図星だ。しかしそのまま肯定するのはまずい。ここはいったん話をそらそう。

「というか、あなたは誰なんですか？」

「その昔、あなたに助けていただいたウサギです」

「あのときの……なんて記憶はまるでないんですが」

「ノリツッコミはもっとキレよくやってください。そんなんじゃ麦ちゃんのナチュラルボケを処理できませんよ」

最近の若者はみな、一般人に高度な笑いを要求するから困る。

さておきこの女性、なかなかに人を食った性格だ。しかも麦さんのことを知っているらしい。これはうかつなことを言わないように気をつけないと。

「なるほど。あなたは麦さんの友だちなんですね」

「筑紫野《つくしの》宇佐《うさ》と言います。麦ちゃんとは十年来の幼なじみですね」

親友と考えてよさそうだ。となるといまの状況は、「世間知らずな娘につきまとう悪い虫を、その友人が追い払いにきた」という構図ではないだろうか。

「ええと筑紫野さん。あなたはたぶん誤解しています」

「誤解しているのは蜜柑崎さんのほうですよ」

「僕が？」

「ええ。わたしはあなたを心から応援するものです」

筑紫野さんがほほえんだ。ちょっとうさんくさい。この人は麦さんと逆で、上手に笑えるけれど心の中では真顔のタイプな気がする。

「これまでずっと、麦ちゃんの謎解きパートナーはわたしでした」

「そう……なんですか？」

「ええ。大学に入ってからは連太郎《れんたろう》くんも手伝ってくれていますが、いいかげんわたしは疲れたんです。麦ちゃんどんくさいので」

確かに麦さんにはそういう一面があった。頭もよく、知識も豊富で、行動力も抜群なのに、どこか抜けているというか、誰もがわかる問題でひとりだけ頭を抱えるような、僕らとは微妙にずれたところがある。

「そこへ物好き……心優しい男性が現れて、麦ちゃんを正解へ導いてくれたというじゃないですか。彼女の親友として、これはもう押しつける……ふたりを応援するしかありません」

「筑紫野さん。ちょいちょい心の声出てますけど」

「気のせいです。まあ応援するとは言っても、麦ちゃん見た目も中身もかわいい女の子ですからね。悪い男にもてあそばれるのはかわいそうだなーと、こうしてチェックしにきたわけです」

なるほど。おおむねは僕の予想通りというわけだ。

「やっぱり誤解ですよ。僕は悪い男なんかじゃない」

「ええ。蜜柑崎さんはいい人だと思いますよ。あんなにおいしそうにパンを食べる人に、悪い人なんていませんから」

「……本当にそう思ってます？」

「そう言っておけばそれっぽいかな、と思っています」

こんなに身もふたもない人は初めてだ。

「冗談です。わたしは人間を観察するバイトをしているので、人を見る目があるんですよ。では、そろそろバイトに行きますので」

筑紫野さんが席を立つ。人間を観察するバイトってなんだ。

「そうそう。ひとつ忠告です。麦ちゃんは愛想のかけらもありませんけど、別に蜜柑崎さんを嫌っているわけじゃありませんから」

朗報かと思いきや、忠告はまだ続く。

「ただし、いま以上に仲よくなることもないでしょうけどね」

最後にとびきり謎めいた言葉を残し、筑紫野さんは店を出ていった。

そこへ「お待たせしました」と、麦さんがコーヒーを運んでくる。

「筑紫野さんって……変わった人だね」

「宇佐ちゃんはわたしの親友です。彼女ほど心の優しい人はいません」

麦さんはいつも通りの無表情だけれど、言葉に不機嫌がにじんでいた。友人を悪く言われたと思ったのかもしれない。

まあ僕の人物を見にきたという話が本当なら、筑紫野さんは友だち思いの優しい人なんだろう。彼女はちょっとばかり性格に忌憚《きたん》がなさすぎるだけ……かどうかはまだわからないけれど。

「ごめん。エキセントリックさにびっくりしただけで、いい人だと思うよ」

「そうですか。では仕入れた謎について教えてください」

「それはいいけど……僕と筑紫野さんがなにを話してたのか気にならないの？」

「他人のプライベートですから」

しかし麦さんの鼻はむずむずしていた。本当は知りたいらしい。

「いや別にプライベートってほどの話じゃないよ。筑紫野さんは友だちとして麦さんのことを心配して――」

「フリーズ！」

麦さんがポリスメン口調で叫んだ。しかし耳をふさいで目まで閉じているので、どちらかといえば麦さんのほうがフリーズしている状態だ。

「（わかった。もう言わないから）」

様子をうかがうように薄く目を開けた麦さんに、ジェスチャーで示す。

そういえば、以前にもこんなことがあった。

人が関わる謎に対して、麦さんは深く立ち入ろうとしない。張りこみをして遠くから対象を観察し、なるべく相手に関わらず推理だけで答えを導こうとする。

そういうと「推理だけを楽しみたい探偵気取り」のようだけれど、麦さんはこんな風にきちんと人に興味を持っている。単に探偵ごっこをしたいわけじゃない。

ではなぜ、麦さんは人とのコミュニケーションを避けるのか？

目下はそれも謎だけれど、さっきの筑紫野さんが言った『いま以上に仲よくなれない』という指摘も気になる。きっとこのふたつは無関係じゃない。

「それでは蜜柑崎さん。『謎』について教えてください」

麦さんがテーブルに置いた布袋をなでる。袋からはみでた白いたわしのようなものは、麦さんのペットであるハリネズミのフォカッチャだ。ハリネズミは夜行性であるらしく、昼間はこうしてぽてんとおしりを放りだして眠っている。

フォカッチャ。きみは麦さんの秘密を知っているのか？

問うように白いおしりを見つめると、短いしっぽがふるんと揺れた。

2

「駅前と違って、この辺りは昔から変わりませんね」

ブーランジェリーMUGIの定休日である水曜日。

僕と麦さんは、見晴《みはらし》用水沿いをふたりで歩いていた。

「そうなんだ。僕は初めてきたからすごく新鮮だよ」

僕も麦さんも、駅をはさんで反対方面に住んでいる。僕はまったく土地勘がないけれど、地元育ちの麦さんはこの辺りの地理にも明るいようだ。

「お花見の季節じゃないのが残念です」

用水路の両側に植えられた木は枝垂れ桜で、春にはピンクのアーチがどこまでも続く花見の名所になるらしい。

「でも秋の水辺を散策するのも楽しいよ。すっごい楽しいよ！」

だって隣に麦さんがいるから、とまでは言えなかったけれど、久しぶりの「ふたりでおでかけ」だ。否《いや》が応《おう》でも気は浮かれる。

「蜜柑崎さんのご友人は、この辺りにお住まいなんですか」

「うん。バンドをやってるやつで、住んでたアパートを追いだされて先月こっちに越してきたんだ。同じ駅なのに全然会わないけど」

引っ越し作業はこの辺りに住むバンド仲間に手伝わせたらしい。

望口は音楽の街であり、音大も楽器屋も貸しスタジオもある。駅のペデストリアンデッキにはストリートミュージシャンも多い。僕とイエモンの行動範囲は、学校以外ではほとんど重ならないのだ。

「待てバス！　待つんだこら！」

用水路をはさんだ向こう側から、そんな叫びが聞こえてきた。

見れば白髪頭のおじいさんが、必死の形相で走っている。

さてはバスに乗り遅れたのかと思ったら、おじいさんが追いかけているのはキャンキャンとうれしそうに走るミニチュア・シュナウザーだった。

「犬の名前に『バス』……変わったおじいさんですね」

そう言う麦さんも、ハリネズミにパンの名前をつけている。この街に暮らすとネーミングセンスがゆるんでしまうんだろうか。

「名前と言えば、さっき話した友だちのあだ名がね――」

歩きながら、僕たちは他愛ない話をした。

イエモンのあだ名の由来は、彼が好きなバンドの名前だとか。

本人がそう呼んでくれと言ったのだけれど、彼の実家が茶葉農家であるため、僕たちはいつもペットボトルのお茶を思い浮かべてしまうとか。

秋の水辺は本来ならば肌寒いのだろう。けれど僕はぽかぽかしていた。用水路にはピンクのアーチがはっきり見え、桜吹雪を体に感じていた。

だっていま、僕の隣を麦さんが歩いている。

丈の短いデニムジャケットが、細身の体に似合っていてかわいい。

ゆるっとした長いスカートは、ちょっとパジャマっぽくてかわいい。

パンのイラストが描かれたトートバッグは、まさに芸術の秋でかわいい。

男四人で豆腐丼を食べていた日々からすると、考えられない幸福の時間。

ああ……いつの日か麦さんとデートするなんてことになったら、僕はもう死んでもいいと思うかもしれない――。

「蜜柑崎さんって、考えていることが顔に出ますね」

「えっ、どんな顔だった？」

「『なぜ僕は、こんなうらさびしい川べりを変な女と歩いているんだ。豆腐の角に頭をぶつけて死にたい』」

「そんな顔してないよ！　むしろお花見気分！　私服の至福！」

いやまあ死んでもいいとは思ったけれど、表情としては真逆すぎる。死と豆腐のイメージだけピンポイントに読み取るってどんな能力だ。

「そうですか。以前に電車でお見かけしたときと似た表情だったので」

「電車……」

僕たちが初めて会ったのは電車の中だ。乗客が降りたことで車内には僕と麦さんだけになり、なおかつ席は隣りあっているという気まずい状況。

そこで麦さんは席を立って移動したけれど、しばらくして僕の隣に戻ってきた。ほかに座る場所はいくらでもあったのに。

夏頃の僕はその理由を聞きたかった。しかし諸々あって直接尋ねることができなくなったので、いまは麦さんを観察して推理するしかない状態である。

ここらでちょっと整理してみよう。僕が麦さんについて不思議に思うのは、

1. 電車内での行動（なんで戻ってきたの？）
2. めったに笑わないこと（笑うとかわいいのに）
3. 謎を解きたがる理由（ただのクイズ好きってわけじゃなさそう）
4. 人との関わりを避ける意味（人の心は知りたがっているのに）

という辺りだ。麦さんの親友である筑紫野さんだったらどれも知っていそうだけれど、あの人はちょっと一筋縄ではいきそうにない。

それに麦さんは人に尋ねて真相を明かすことを忌避しているから、僕が筑紫野さんから聞くことを快く思わない可能性がある。

麦さんの謎を解くことも大事だけれど、僕の真の目的は……ん？

僕が麦さんといる目的ってなんなんだ？

好きだからそばにいたい？　『500卍』の謎を解くため？

まあどっちも間違いじゃない。思い浮かべるのもおこがましいけれど、最終目標としては「麦さんとおつきあいしたい」ということになるんだろうし。

じゃあいまの僕は、機が熟すのを待っている状態なのか？

どうも違う気がする。なにかが引っかかっている感覚だ。

「着きました。ここが、というか、これが現場のはずです」

用水路沿いの児童公園に着いた。

麦さんは入り口の脇にある、一メートル四方の掲示板を指さしている。

すでに終わった防災訓練のおしらせ。保育園が主催するバザーのチラシ。そういったものが掲示された横、さびが目立つ掲示板の白いポール自体に、イエモンが言う「落書き」はあったらしい。

「イエモンさんの談では、このポールに黒いマジックで『500卍』と横書きされていたんですね？」

「うん。そういう文字列が、町内のあちこちに現れては消えるんだって。なかなかのミステリィだよね」

「『500卍』のほかには、どんなものがあったんですか?」

「ええと確か――」

記憶の中からイエモンの言葉を思い返す。

「途中で止まってる宅地造成現場のアルミ看板にも『500卍』。あとは市民プールの開閉ゲートに、『血31なんとか』だったかな」

「『なんとか』とは?」

「五桁の数字だったけど、下三桁は失念したって。イエモンは目も悪いし」

表記するなら、『血31＊＊＊』という感じだろうか。

「なるほど。単なる落書きではないようですね」

麦さんは興味深そうに、けれど完全なる真顔で、落書きがあったという鉄のポールを見ている。今日はプライベートで三角巾もしていないから、ふわふわしたきれいな髪がよく見えた。

このハーフアップと呼ばれるヘアスタイルを、麦さんは面倒がってやめようとしていた。いまも変わらず続けているのは、僕が編みこみの部分を『パンに似ている』と評したからだ。

とはいえ僕のためにそうしてくれたのではなく、『パンの髪型をしたパン屋のおねえさんになって子ども受けをよくしたい』、というのが本音らしい。真顔の自分が怖がられている自覚があるようだ。

それならちょっと笑顔になるだけでいいのにと思うけれど、残念ながら麦さんにはそれができない。けれど子どもには好かれたいと思っている。

この矛盾は、頭の隅に留めておいたほうがいいかもしれない。

「──聞いてますか、蜜柑崎さん」

「あ、ごめん。なんだっけ？」

「別になにも言ってません」

「……じゃあなんで聞いたの」

「ぼんやりした状態でわたしの後頭部を見つめていたので、おなかが空いてパンを食べたいのか、『謎』を考察しているのか計りかねたからです」

「こ、後者です」

言い訳しながら無理やり頭を働かせる。

「ええと、最初に『卍』とか『血』って聞いたときは、暴走族の落書きを想像していたんだ。でもこういうところにちょこっと書くのは、違う気がするね」

「ええ。彼らはバリバリに目立つことに命をかけますから」

「う、うん。だからどっちかというと……なんだっけ？　空き巣とか訪問販売の業者が、同業者にメッセージを残す方法。僕はあれが思い浮かんだんだけど」

たとえば「MS1018」とあったら、M（男性）、S（ひとり暮らし）、午前十時から十八時まで留守といった意味になる。そうやって彼らはディープな個人情報をシェアしているのだと、「密着二十四時」系の番組で見たことがあった。

「マーキングですか？　だとしたら、普通は住宅の玄関やインターホンに書かれるはずです。それに一日で消してしまっては意味がありません」

「……ごもっともです」

浅薄極まる僕に比べて、麦さんはいつも針のように鋭い。

「でもだからこそ、落書きはメッセージと見ることもできます」

「メッセージ……？　あ、そうか。『消す』ってことは、『用が済んだ』ってことだもんね。特定の誰かに情報が伝わったら、書いた人、もしくは読んだ人が消している可能性があると」

「はい。落書きがあるのは鉄製のポールやアルミの看板だと聞きました。おそらくは水性インキを使っていると思われます。最近のボールペンやマジックは、防錆《ぼうせい》加工の上からでも書けますし、なおかつ水拭きで簡単に消すことが可能です」

その博識さに舌を巻いた。やはり麦さんは名探偵の素養がある。

「では、わたしは張りこみます。蜜柑崎さんはどうぞお帰りになってください」

麦さんが無表情に言い置いて、児童公園へ入っていく。

その他人行儀っぷりに落ちこんだけれど、避けられているわけではないと信じて僕も公園へ向かった。

麦さんはベンチに座っていた。ちょうど掲示板の裏が見える位置なので、落書きの犯人が現れたらその足下を確認できるだろう。けれど掲示板そのものと立ち木のおかげで、向こうからはこちらが見えない。絶妙な張りこみスポットだ。

「今日は僕もつきあうよ。ちゃんと最後まで」

麦さんの隣に腰を下ろす。

「蜜柑崎さんも物好きですね」

「それ、この間も筑紫野さんに言われ……あ、いや、なんでもないです」

麦さんの口がフリーズの「フ」の形になったので、僕は慌ててごまかした。

「ところで蜜柑崎さん。おなか空きませんか。わたしは空腹です。いまなら砂糖をまぶした枯れ枝でも、チュロスと思って食っちまいそうです」

「麦さんって、言葉のチョイスがときどきアメリカンだよね……」

「映画が好きなんです。刑事ものの」

なるほど。張りこみが堂に入ってるのはそのせいか。

「じゃあ一番好きな映画は？」

あんまり鑑賞していないとはいえ、僕も「め組」のブームに加わって映画知識は増えている。趣味があうのは恋人への第一歩。ここはぜひとも盛り上げたい。

「一番は、なんといっても『ＳＡＦＥ』ですね」

あ、やばい。全然わからない。

「ご存じないですか？　元刑事という役に扮《ふん》したジェイソン・ステイサムが、お肉がたっぷりはさまれたサンドイッチを食べるシーンが好きで好きで」

それはひょっとして、映画ではなくパンが好きなだけではないだろうか。

「もう我慢できません。わたしはおやつを食べます」

麦さんのトートバッグから、パンが詰めこまれたビニール袋が出てくる。

「蜜柑崎さんも食べますか？　試作品ですが」

「試作品って、もしかして麦さんが練習中のパンだったり？」

手作りですか、手作りなのですかと、僕の鼻息が荒ぶった。

「いいえ。うちのお店で秋冬向けに考えている新商品の候補です。そもそも、わたしはめったにパンを作らせてもらえませんし」

「あれ、そうなの？」

「両親が言うには、『大学を卒業するまではパンよりも人間を見ろ』だそうです」

その言葉に、僕は実家を出た頃のことを思いだした。

「蜜柑崎さん大丈夫ですか？　くしゃみが出そうで出ない人の顔ですけど」

「そんなに情けない顔してたかな……？　昔うちの親父《おやじ》も似たようなこと言ってたなって、なつかしい気持ちになっただけだよ」

「いいえ、そんな顔でしたよ。若干白目の」

「そこそんなに大事？　いまって『どんなこと言ってたんですか？』って聞く流れじゃない？」

つっこんでからはたと思う。やけに食い下がったのは、僕に昔話をさせたくなかったからかもしれない。麦さんは人の心に触れるのを避けたがる。

では、触れてしまったらどうなるのだろう。試してみるか……？

「蜜柑崎さん。わたしは空腹です」

「うん。『社会に出たら嫌でも働くんだから、それまでは遊んで学べ』って、バイトもしなくていいって言われたんだ」

あえて話を聞かずにしゃべった。麦さんの反応をうかがう。

「……蜜柑崎さんはそのお名前といい、ご両親に愛されていますね」

相変わらず表情はない。けれど麦さんの口調には、「聞いてしまったので渋々感想を言います」といった不満が宿っていた。

ちなみに話したことは事実だ。倹約は必要だけれど、僕はほどほどに仕送りをもらっている。なのでバイトに精を出すイエモンや家の手伝いをするニガリを見ると、いつも後ろめたさを覚えた。

「でも両親に愛されていると言えば、僕より麦さんじゃないかな。なにしろ自分たちのお店に、娘の名前をつけちゃうくらいだし」

「そう思いたいです」

引っかかる言いかただ。詳しく聞くべきか？　でもこれはかなりプライベートな部分だぞ。麦さんが嫌っている、『心に土足で踏みこむ』そのものだぞ？

「そういえば、僕もおなかが空いていたのだった。どんなパンがあるの？」

小心な僕は話題をそらした。戦略的撤退である。

そこでこつんと、頭になにかが当たった。

足下に、黒いなにかが落ちている。

「……松ぼっくり？」

頭上を見ると木があった。でもあの葉っぱはどう見てもイチョウだ。

いったいなぜと思ったけれど、麦さんが半分に割ったパンをくれたので、松ぼっくりの謎はひとまず忘れよう。

「あ、これってパン・オ・ショコラ？　表面にもチョコがついてるね」

「チョコレートじゃなくてマロンのフィリングです」

確かに表面のそれは、チョコほど黒くもつややかでもない。

「秋冬向けに色々試している新作候補のひとつですが、わたしもまだ食べてないので半分こですみません。温かいカフェオレもあります」

トートバッグから水筒まで出てきて、僕は感動に打ち震えた。

こんなもの、完全に恋人同士のシチュエーションじゃないか。筑紫野さんは『いま以上に仲よくなることはない』と言っていたけれど、実は僕たちはもうつきあっているのかも――。

「いたっ！　またぼっくり飛んできた！」

「小学生が遊んでいるんじゃないでしょうか。そろそろ下校時刻ですし」

くそう悪ガキめと毒づきたいところだけど、それよりいまは「半分こ」だ。

僕は気を取り直して打ち震え、マロンのパン・オ・ショコラをかじる。

「……うん。おいしい。友だちのおばあちゃんが作る栗きんとんより甘いね」

我ながら歯切れの悪いコメントだ。

オブラートをはがして正直に言うと、僕にはちょっと甘すぎる。普段はいい感じにほろ苦いチョコレートが、もはやカカオの棒としか思えないほどに苦い。つまりはそれだけマロンクリームが甘いのだ。

「蜜柑崎さん。いまなぜ、パンを上下さかさまにして食べたんですか？」

「え？　うわ、やっちゃってた？　恥ずかしいなあもう」

予想外の指摘に、頬が赤らむのがわかった。

「『恥ずかしい』……すみません！」

「ど、どうしたの麦さん？　なんで謝るの？」

「わたしは蜜柑崎さんのトラウマに触れたかったわけじゃないんです！　ごめんなさい！　調子に乗りました！　許してください！」

あの鉄面皮の麦さんが、誰が見てもわかるほどに狼狽《ろうばい》していた。

「い、いや、トラウマとかそんな深刻な話じゃないけど……」

そう言っても、麦さんは「ごめんなさい」をくり返す。

「落ち着いて麦さん。その……『さかさま食べ』は子どもの頃の癖なんだ。大人になったいまやっちゃったのが恥ずかしかっただけで、深い意味はないんだよ」

「癖……ですか？」

「うん。ケーキなんかもそうなんだけど、表面にチョコとかクリームがついてるものは、上下さかさまに食べると早くおいしいところを舌で味わえるって、意地汚い小学生だった僕は思ってたんだ」

豆腐丼とかコンビニ弁当と同じで、僕には自分なりの食べかたを模索してしまう傾向がある。さすがに「さかさま食べ」はやめていたけれど、幼少の頃に慣れ親しんだせいで、ひょっこりやってしまうことがあった。

「そう……だったんですか」

麦さんが安堵《あんど》したように息を吐き、自分の紙コップにカフェオレを注ぐ。こくりとひとくち飲んでしばらくすると、徐々にいつもの真顔に戻っていった。

「食べる向きで味が変わるというのは、斬新な発想ですね」

どうぞと、僕にもカフェオレを注いでくれる麦さん。この無表情を見てほっとする日がくるとは。

「笑ってくれていいよ。蜜柑崎は子どもっぽいやつだって」

「子どもっぽいというより、似合っていると思いました」

「それってつまり、僕が大人らしくないってことだよね？」

「コメントは差し控えさせていただきます」

さりげなくひどい。横顔を見ると麦さんの鼻はひくひくしていた。きっといつもの癖なんだろうけど、笑いたいのを我慢しているようにも見える。

一時はどうなることかと思ったけれど、いまは転じていい雰囲気だ。

願わくはこの時間がいつまでも続いて……くれればよかったのに。

「蜜柑崎さん、きました！」

麦さんが小声で言って、公園の入り口を指さす。

立ち木の隙間から見える掲示板の裏側、その下にわんぱくそうな少年の膝小僧が見えている。掲示物に子どもの興味を引くものはなかったはずなので、少年が立ち去らないのは「なにかをしている」と考えるべきだ。

「どうする麦さん？」

「無論、尾行します」

「無論て……うわっ、あっつ！」

さらりと「尾行」と言ってのける麦さんに動揺し、持っていたカフェオレを盛大にこぼした。手のひら、ふともも、顔面と、ありとあらゆるところが熱い。

「あっ、逃げました！」

僕の悲鳴に反応したのか、少年が走り去っていく。麦さんも駆けだした。

「ちょっ、ちょっと待って麦さん、あっつ、あっつ！」

紙コップをベンチに置いて、僕も手をフーフーしながら追いかける。

麦さんは掲示板の前で立ち止まっていた。目線の先には白いポールがある。

「これ……落書きだよね。『500田』って書いてあるのかな」

鉄のポールに黒いマジックで横書き。前情報にあった通りだ。

「まだ遠くへは行ってないでしょう。わたしは少年を追跡します。蜜柑崎さんはここで待機です。共犯者が現れたら尾行してください」

まるでベテラン刑事のような指示をだし、麦さんは走り去っていった。

「どんだけ場慣れしてるの……というか少年を追跡してどうするの……」

僕はぽかんとするしかない。しかし立ちつくしていてもしょうがないので、とりあえずは張りこみ場所へ戻ろう。

「その前に、写真を撮っておこうかな」

掲示板のポールに向けてスマホを構える。落書きは麦さんが言った通り水性インキで書かれているようだ。試しに指で触れたら簡単に消えた。

さてと公園に戻ってベンチに座り、スマホで画像をチェックする。

麦さんの謎に対する情熱も不可思議だけれど、この「500円」という落書きもなかなかにミステリアスだ。ぱっと見は意味のない文字列。しかしその組み合わせが深いメッセージを持つ暗号にも思えて、いたく興味をそそられる。

まあ僕は麦さんのような探偵脳を持っていないので、文字だけ見ていてもなにも浮かばないだろう。

凡人がアプローチすべきは、自分の目で確認した事実だ。

ポールに落書きしていたのは小学生だと思う。顔は見ていないけれど、かろうじて確認できた後ろ姿は五、六年生と考えてよさそうだ。

小学生という生き物は、あまねく暗号が大好きである。

僕も実家の押し入れに、宝の隠し場所を書いたノートがしまってある。十年後に見つけたら楽しいと思って書いたのだろうけれど、残念ながらいまではさっぱり解読できない。

まず単純に、字が下手くそで読めないのだ。そしてそれ以上に、クイズ番組の問題と違って子どもの暗号にはヒントがなさすぎる。

暗号遊びに夢中になるのは、三、四年生がピークだろう。読む人に配慮する年齢じゃない。彼らにアンフェアという観念は、あってないようなものだ。

そう考えると、五、六年生の男の子が暗号で「意味のないやりとり」をするのは違和感がある。

四年生と五年生ではそう変わらない気もするけれど、彼らの一年は僕らのそれとは比べものにならない。思春期にほど近い五、六年生は、子どもっぽいことを極端に嫌うはずだ。

だからこの落書きは、単なる「子どもの遊び」とは違う。きちんと手がかりを集めれば解読ができる。そんな風に感じられた。

「まあ単なる経験則で、根拠なんてないけど……お？」

スマホから顔を上げたところ、掲示板の向こうにほっそりした脚が見えた。

上半身を動かしているのか、スカートのフリルがふわふわ揺れている。

「共犯者が女の子っていうのは、予想外だったな……」

まあこれも単なるイメージで、落書きというイタズラが男の子っぽいと感じただけだけれど。

しばらくして女の子がいなくなったので、僕は素早くポールを確認した。さっき男の子が書いた「500円」の文字がない。あの子が消したと考えていいだろう。

けれど、僕は女の子を尾行することをためらった。

成人男性が女子児童のあとをつけたら立派な犯罪だ。いくら麦さんから指示されたという理由があっても、うっかりバレて女の子を怖がらせてしまったら、僕は生涯そのことを悔いるに違いない。

「こればかりは……麦さんごめんね」

僕は公園のベンチに戻り、むんと気合いを入れて腕組みして座った。

ややあって戻ってきた麦さんが、「まあ」と感嘆の声をもらす。

「すごいですね蜜柑崎さん。写真を撮って、『テコでも動かない人』と題をつけたくなるくらいの不動姿勢です」

「それだったら、『取り逃した娘』も入って一緒に撮ろうよ」

「よくわかりましたね。わたしが少年に逃げられたと」

麦さんがふうと呼吸を整え、僕の隣に座った。さりげなく被写体になることを拒否されたような気がする。

「戻ってくるのが早かったからね。ちなみに僕も、落書きを消した女の子には逃げられたよ。というか追いかけなかった」

「賢明です。一般人が無闇に他人を尾行すれば、軽犯罪法、もしくはストーカー規制法で罰せられます」

「じゃあなぜ追いかけろと指示を」

「別に蜜柑崎さんを犯罪者にしたかったわけではありません。わたしだって普段は尾行までしませんよ。ただし今回は、公共物に落書きをするのは刑法261条の器物損壊、もしくは軽犯罪法に抵触するという建前があります」

「自分で建前って言っちゃったね」

「……きれいに消していると言っても、落書きはよくないことです」

そう。落書きは悪いことだ。同様に自分たちに正義があっても、人をつけまわすのはよくない。とはいえ謎には興味がある。

その辺りの線引きは、麦さんもはっきりできていないのだろう。

それならば、正しいほうへ導いてあげるのが僕のすべきことだ。

「野次馬の僕らにできることは限られているけど、彼らにそれとなく『伝達手段を変えたほうがいいよ』って、遠くから教えてあげられればいいね」

そのためには、まず謎を解かなければならない。

その後、僕たちは撮影した「500円」を見ながら議論を重ねた。

しかしあまりに情報がなさすぎて、それらしい考えは出てこない。

結局もう少し張りこみを続け、サンプルを増やそうという話になった。

幸いイエモンの情報で、落書きの発見場所は絞れている。時間帯も小学生の下校時刻と限定的だ。

互いの授業やバイトのシフトを考慮した結果、僕がさみしく単独で、麦さんが果敢にひとりで、ときにはふたりで別々の場所に張りこんだ。

デート気分が味わえたのは最初のときだけ。

尾行はしないというルールを決めたので空振りも多い。

雨の日の張りこみは孤独で、たいそう気が滅入《めい》った。

しかし地道な努力のおかげで、僕たちはいくつかの落書きを収集できた。

まあ僕にとっては、麦さんとラインのＩＤを交換したほうが収穫だけれど。

『蜜柑崎さん、明日お店にきてください。作戦会議をしましょう』

『了解です』

『（ハリネズミが針を逆立てたスタンプ）』

「なぜそのスタンプなの……」

意味がわからないけれど、僕は妙に気恥ずかしくて下宿でくねくねした。

3

ランチタイムから夕方までのけだるい午後。

往来の多い駅前とは違い、住宅街のパン屋はその時間だけ客足が途絶える。

そんなわけで、現在ブーランジェリーMUGIにいるのは、僕と麦さんのふたりだけだった。厳密には厨房の奥にも人がいるけれど、コックコートを着たオーナーたちが売り場に顔を出すことはめったにない。

僕はイートイン席でカフェオレをひとくち飲む。

今日のカフェオレアートは、魔女のとんがり帽子をかぶったフォカッチャだ。ハロウィン仕様ということだろう。麦さんはけっこう器用である。

「どうしたんですか蜜柑崎さん。くしゃみが出そうで出ない人の顔ですけど」

「僕の表情はもっとバリエーションあるよ！」

鉄面皮の麦さんと違って、僕はなんでも顔に出る。いまだって、好きな人と向かいあってカフェオレを飲む幸せを満喫……まあくしゃみ顔だったかもしれない。

「そうですか。わたしは人の顔色をうかがうのが不得手で」

よく存じております。ときどき無駄に鋭いけれど。

「そういえば、麦さんって普段はまったく感情を表に出さないよね。笑うとものすごくかわ……うそみたいにかわいいのに」

うっかり「かわいい」と言いかけて、「いやそれはナンパ男みたいで露骨だ」と慌てて修正したのに、結局かわいいと言ってしまう正直者の僕だ。

「わたしはかわうそ似ですか」

「いや顔が似ているわけじゃなくて、その、かわうそは関係ないというか……麦さんもっと笑えばいいのにというか……」

「話を戻しましょう。ひとつ気づいたことがあります」

麦さんが露骨に話題を切り替えた。照れているようには見えないので、無表情なことに触れられたくなかったんだろうか。

「こちら側の『500』ふたつは、字があまりうまくありません」

現在テーブルの上には、スマホの画像をプリントアウトした写真が三枚置かれている。ふたりともが見えるように、すべて横向きに並べられた状態だ。

三枚の内訳は、僕が最初に撮影した「500田」、休業中のプールで麦さんが発見した「H31773」、そして僕が宅地造成跡地で撮影した「500v」という三枚だ。

麦さんが指摘した通り、「500田」のほうも、「500v」のほうも、「5」が少々いびつな形になっている。三桁目の「0」に至っては、どっちも上がつながっていない馬蹄《ばてい》形だ。小学生らしい詰めの甘さである。

「最初に見つけた『500田』は、男の子が書いて女の子が消した。『500v』を書いている現場は押さえられなかったけれど、雨の日に傘を差した女の子が消すところを僕が目撃した。逆に『H31773』は、男の子が消すところを麦さんが見たんだよね？」

「そうですね。まとめると、『31773』は女の子、『500』のふたつは男の子が書いたと言えると思います。消したほうはそれぞれ逆でしょう」

それならば、僕にもちょっと意見が言えそうだ。

「一般論だけど、男の子は女の子に比べると字が苦手なんじゃないかな。僕も子どもの頃に書いた、『ソ』と『リ』と『ン』が区別つかないし」

夏休みの日記なんて読み返すと、『きょうわはたけにいきました。おとうさんとくさかりきにガソソソをいれました』なんて書いてある。

「そういうものですか。でもそれなら、わたしたちが読み違えている可能性がありますね。ダイイングメッセージのように……！」

いかにも謎っぽい展開に麦さんの鼻が踊った。

「でも『500』なんて、ほかに読みようがないと思うけど」

「ほかの読みかた……あ。フォカッチャ！」

「え？　フォカッチャ？」

パン屋の中で「フォカッチャ」と言えばパンの種類を指すけれど、このお店にはハリネズミのフォカッチャもいる。現在ハリネズミのほうはテーブルの上で寝袋に頭をつっこみ、おしりだけをぽてんと出して熟睡中だ。

麦さんは「まねきハリネズミ」なんて言っているけれど、フォカッチャが僕を歓迎してくれるのはカフェオレの中だけである。

「あれ？　どうしたの麦さん。妙に顔が赤いけど」

「……スルーされるとは思っていませんでした」

「スルー？　……あ、前に僕が言ったみたいに、『わかった』の意味で『フォカッチャ』って言ったの？」

「やっぱり、わたしには人の心がわかりません……」

「そのくらいで落ちこまないで！　麦さんが冗談を言うなんて思ってなかっただけだから。次からちゃんと笑うから……ああっ、顔に陰を作らないで！」

大好きな謎解きタイムだからか、今日の麦さんは感情の起伏が激しい。それでも顔はいつも通りの無表情だから、察知するのも一苦労だ。

「それで麦さん。なにが『わかった』の？」

「『500』の正しい読み方は、『ソウ』だと思います」

「ソウ？」

「そうです……うふっ、いえ、いまのは意図したダジャレではありません」

「あ、うん。つっこまないから話を進めて」

さっきの『フォカッチャ！』といい、麦さんはダジャレがツボらしい。なんだか意外な一面だ。誰かの影響だろうか。

「『500田』のほうも『500v』のほうも、最初の『0』はつながっていて、二番目の『0』は上が切れています。二番目のほうはアルファベットの『U』と読めるのではないでしょうか」

「うーん、見ようと思えば見えるけれど……」

「同様に、『5』は両方ともぐにぐにとゆがんだ特徴的な字で、これもアルファベットの『Ｓ』と読めます。『Ｓ』と『Ｕ』とくれば、その間の『０《ゼロ》』も『Ｏ《オー》』と読むべきでしょう。つまり『５００』は『ＳＯＵ』――『ソウ』です」

小学生にとって「Ｓ」は鬼門で、ともすると鏡文字のようになりがちだ。なにしろ僕がそうだった。意識してもうっかり「乙」を書いてしまうので、僕は「Ｓ」を書くためだけに特別な技を編みだしている。

そう考えると、麦さんの推理はまんざら的外れでもないかもしれない。

「……なるほど。『ソウ』ってどういう意味なのかな」

「男の子の名前じゃないでしょうか。『颯爽《さっそう》』とか、『蒼天《そうてん》』とか、あの辺りのかっこいい感じの漢字を、うふっ、名前にしますよね。昨今の親御さんは」

「途中でちょっと和んだけど、微妙にトゲがある言いかただね」

「わたしは別に、自分が古くさい名前だからうらやましいなんて思ってません」

「思ってるんだ？」

「少し」

僕はくすくす笑ってしまった。

「おかしいですか。『捨吉』さんだって古い名前じゃないですか」

「そうじゃなくて、麦さんが真面目な顔でとぼけたことを言うから」

「面白い顔で面白いことを言う蜜柑崎さんには負けます」

どちらも自覚はないので不本意だ。でも麦さんがそんな風に思ってくれていることがうれしい。

「じゃあキリッとした顔で真面目に言うけど、『500』が『ソウ』だとすると、『31773』は女の子の名前ってこと?」

「そうかもしれません。考えてみましょう」

女の子が書いたと思われる五桁の数字は、電卓に使われるようなデジタルな書体だった。ソウくんのようにいびつさもないので、いまのところは「引っかかる」ものがなにもない。

「あの、蜜柑崎さん。首が九十度近く曲がってますけど」

「うーん……『目』を『皿』のようにして見てみたんだけど……だめだね」

「蜜柑崎さんの発想力にはいつも敬服します。本当に子どものように柔軟で」

「あんまりほめられている気がしないけど……とりあえず『31773』は保留にして、『500』のあとに続く『田』と『v』を考えてみようか」

少しは大人なところも見せなければと、ふたつの文字を凝視する。

「『田』は田んぼ……ってのは、いくらなんでもそのまますぎるよね。じゃあOSソフトのロゴマークとかかな」

「ウィンドウズ500が出る頃には、人類は存在しないかもしれません」

まあそこまで未来を予見した落書きではないだろう。

「『500v』のほうは、そのまま見れば電圧だけど……」

「『500ボルト』は一般的ではないですね。そもそも『500』ではなく、『SOU』と読むはずですよ」

「麦さんだって『ウィンドウズ500』とか言ったのに」

「蜜柑崎さんが言わせたんです」

理不尽だ。なのに顔がにやけてしまいそうになる。楽しい。

「最初に戻ろうか。仮に『田』を田んぼとして見るとどうなるかな」

「この辺りに水田はありませんね。代わりにネギを育てている畑が……あ」

「お。なにかフォカッチャ？」

麦さんがニヤリとする。これはなにかを思いついたときの癖なので、僕の言葉にコミュニケーションを感じたとかそういうことではないだろう。

「畑ですよ蜜柑崎さん」

「畑？」

「畑の地図記号は『v』です。『500v』は、ソウくんが畑にいるという意味じゃないでしょうか。それを見た女の子は、落書きを消して畑に向かうんです」

つじつまはあっている気がする。しかしいまどきの子どもたちが、畑なんかで待ちあわせをするだろうか。童謡の「麦畑」みたいに隠れてキスをするなら別だけど、ふたりはまだ小学生だし。

「『v』が畑だとすると、『田』のほうも地図記号ってこと？　『田』なんて記号あったっけ？」

僕はスマホで、麦さんは自室に戻り、子どもの頃に使っていた教科書やら地図帳を持ってきて調べた。しかしそのまま『田』という地図記号は見当たらない。

ただ、暗号に地図記号というのはいかにも小学生的な発想でいい。

僕らはすっかり忘れているけれど、彼らにとっては身につけたばかりの知識だ。麦さんの着眼点は悪くないと思う。

「蜜柑崎さん、これはどうでしょうか。病院の地図記号は盾形に十字。『田』に見えなくもないと思います。あの男の子は字が雑ですし」

「うーん……じゃあ女の子が書いた『H』に該当する地図記号は？」

「ホテルの記号が『H』を丸で囲んだものです。ちょっと印象は違いますけど、子どもの遊びと考えると明確なルールはないのかもしれません」

それは違うと、僕は断言した。

「彼らはたぶん高学年だから、子どもの発想力は持っていても、子どもっぽいこじつけは意地でもしないよ」

「すみません。子どもっぽいこじつけをする成人で」

麦さんが低い声で言った。口調からすると機嫌を損ねたようだ。

「いや別に麦さんを非難したわけじゃなくて……そうだ。だいぶ頭を使って疲れちゃったし、ちょっと休憩しようか。甘いパンでも食べて」

こういうときはごまかすに限る。

「それなら試作を食べてください。大人も子どもも好きな味だと思います」

麦さんが席を立ち、レジ奥にある厨房へ入っていった。

なんだかまたチクリと刺された気がする。怒るとチクチクするなんて、まるでハリネズミみたいだ。

そこで本物に目をやると、フォカッチャは相変わらずテーブルの上で寝袋に頭をつっこんで眠っていた。一応は短いしっぽが確認できるけれど、こうやって見ると本当に「たわし」と区別がつかない。

まあ夜行性らしいから寝ているのはしょうがないけれど、この「しりネズミ」状態はいかがなものか。きみに野生の誇りはないのか。

そう思っておしりをつっこうとしたら、一瞬で背中の針がピンと立った。

「だめですよ蜜柑崎さん。ハリネズミは触れあわず、目で愛《め》でる動物です」

麦さんがトレーにパンとコーヒーを戦せて戻ってくる。

「目で愛でるって、生け花みたいな感じ？」

「そうです。寝ている姿を見るだけで、ほわっとした気持ちになりませんか」

「どうだろう。いまは生け花というより剣山だけど」

「おなかはモフモフというか、もにもにで気持ちいいですよ。マッサージをしてあげると機嫌も直りますし」

麦さんが細い指先をフォカッチャの下にすべりこませた。くいくいと指が動くたびに、怒髪天をついた針がゆっくり凪《な》いでいく。

「すごいね。猛獣使い」

「ハリネズミ飼いはみんなできますよ。前にも言いましたが、この子たちは基本的に人に慣れません。飼い主は毎日よく観察して、機嫌をうかがって、ようやくお世話させてもらえるんです」

「お世話『させてもらえる』かあ。たいへんそうだね」

「人間の感情を読み取るよりは楽です」

気のせいだろうか。麦さんの瞳が少し暗くなったように見えた。

「……食べましょう。蜜柑崎さんの意見を伝えて改良した、秋のパン・オ・ショコラです。いわゆるモンブラン仕立てですね」

トレーの皿にはクロワッサン生地のパン・オ・ショコラがあった。しかし表面にモンブラン独特の茶色いクリームと、金色に輝く栗の実が載っている。これまた以前にも増して甘そうだ。

「例によって半分こですみません」

麦さんがナイフで切り分けてくれたそれを、僕は警戒しつつ口へ運んだ。

「……まいです」

食べて驚いた。以前のものとはまるで違う。

マロンクリームは濃厚だけれど、甘ったるさはまるでない。口の中にはパンそのものの甘みも、チョコの味わいもきちんとある。なにより今回は栗の実がいい。

「これ、栗ごはんの栗っぽいね」

「クロワッサンは食感と風味が命のパンです。栗は主役ではなく、クルミのようなアクセントのイメージと父が言っていました」

そう。クルミは単体で食べてもインパクトはないのに、料理のトッピングに使われるとたんに存在感を発揮する。

この栗の実もクルミに似て、ほくほくした食感を口の中に覚えると、その歯触りと風味が、かえってほかの甘みを明確にしてくれる感じだ。

「うまく言えないんだけど、それぞれの甘さが感じられて損した気にならないというか、パンも、中のチョコも、のっかっている栗の実も全部おいしいです」

「でも今日はさかさに食べないんですね」

「僕は大人だからね」

前回恥ずかしい思いをしたので、今日は食べる前から気をつけていたのだ。

「それなら子どものわたしが、代わりにさかさまにして食べます」

「麦さんって実は根に持つタイプ……って、待った！　……ああ」

当然の帰結だけれど、麦さんがパンをさかさまにした瞬間、栗の実がぽてんとトレーの上に落ちた。

「……」

麦さんは口を開けたまま固まっている。

「……」

僕もかける言葉が見つからない。

すると「まかせろ！」とばかりに、フォカッチャが寝袋から飛びだした。

フォカッチャは短い足でとてとてテーブルの上を小走りすると、麦さんが持ったパンとトレーに落ちた栗の実の間で、首を上下に動かした。まるで「あーあ。もったいない」と、飼い主を煽《あお》るように。

けれど、そう見えたのは僕だけだったようだ。

「フォカッチャ、なにか気づいたの？　ちょっと待って」

麦さんがエプロンのポケットからなにかを取りだし、フォカッチャの頭にちょこんと乗せる。

「おお、鹿撃ち帽。シャーロック・ホームズだ」

フォカッチャの頭の針に、ツイード製の帽子が載っていた。名探偵のコスプレをするにはかかせない代物だ。

そういえば夏に遭遇した「時計表札の謎」のとき、フォカッチャはその行動で麦さんにヒントを与えている。

もちろんハリネズミに推理なんてできるわけがないので、麦さんが「ヒント」と思いこんでいるだけだろう。現に僕と麦さんでは、フォカッチャの行動を見てそれぞれ異なった受け取りかたをしている。

つまり名探偵は麦さん自身なのだ。本人は否定するだろうけれど。

「この帽子とかフォカッチャの寝袋って、麦さんの手作りなの？」

「そうですよ。ハリネズミはイギリスで特に親しまれています。なのでホームズにしたんですが、蜜柑崎さんは日本の探偵のほうがお好みですか？」

麦さんが鹿撃ち帽を取って、代わりにチューリップハットをかぶせる。

するとフォカッチャが身震いして、地味な帽子を跳ね飛ばした。そのまま短い後ろ足を伸ばして、頭の付近をバリバリとかく。

「金田一耕助だ……」

もしかしてこのハリネズミは、人の言葉を理解しているんだろうか？

いいやさすがにそれはない。いまのはたまたまタイミングがよかっただけだ。

ただ、麦さんがフォカッチャを探偵にしたくなる気持ちはわかった。

確かにハリネズミは『目で愛でる』生きもので、見ているだけで飽きない。そのユーモラスな仕草には、麦さんのようにセリフを当ててみたくもなる。

「『時間をくれたまえ。考える』？　うん、了解」

再び頭に鹿撃ち帽を載せたフォカッチャは、まるで考えをまとめるようにテーブルの上をうろうろしていた。麦さんはワトソン役に徹しているらしく、じっと名探偵を見守っている。

しばらくすると、フォカッチャはテーブルの上のパンに目を向けた。さっき麦さんが栗の実を落としてしまった、元モンブラン仕立てだ。

「このパンが気になるの？」

麦さんが問うと、フォカッチャがごろんと仰向けになる。

「もしかして、パンの向きを変えろってこと？　さかさまにすればいい？」

お皿の上のパンがひっくり返された。先ほどの悲劇の再現のようで痛ましい。

「さかさまのパン……さかさま……あっ、フォカッチャ！」

麦さんがトレーの下から写真を引っ張りだした。横向きに置かれていた「H31773」のそれが、僕から正対する形に直される。

「ビンゴ！」

麦さんが目を輝かせてハイタッチを要求してきた。でもいきなりそんなことになると思ってなかったので、残念ながら空振りに終わる。

「ど、どうしたの麦さん。映画でパスワードをクラックしたハッカーみたいなリアクションだったけど」

「……こういうことです」

空振りが悔やまれるのかちょっとテンションを落としつつ、麦さんは写真の上下を逆向きにした。３１７７３の天地が逆転する。僕もようやく気づいた。

「これ……文字だ。Ｅ、Ｌ、Ｌ、Ｉ……」

僕の前でさかさまになった五桁の数字が、アルファベットとして読み取れる。

「……最後もＥ。『ＥＬＬＩＥ』って読めるね。つまりは『エリー』ちゃん？」

「おそらくそうでしょう。そして『Ｈ』の記号は、逆から見ると『Ħ』。これは神社の地図記号です」

「おお……！　見覚えのある鳥居の形」

麦さんの目が、これでもかというほど爛々《らんらん》と輝いている。これなら『よく寝て起きた女神』の笑顔まであと一歩だ。

「でも地図記号だとすると、やっぱり『田』が解決できないな……」

疑問がうっかり口から出てしまい、僕はしまったと後悔する。

麦さんの口元の笑みが消えていた。笑顔まであと一歩だったのに――。

いや違う。考えろ蜜柑崎捨吉。ここで僕が麦さんを正解に導くんだ。

しりネズミばかりに、いいかっこうさせるわけにはいかない。

「……はあ。もうすぐ中学生か」

「どうしたんですか蜜柑崎さん」

「毎日制服着るとか、めんどくさいなあ」

「就職が決まらないので、現実逃避を始めたんですか？」

「違うよ！『田』がなんなのか推理するために、五、六年生の気持ちになりきってるんだよ！　現実的な問題で、現実に引き戻さないで！」

「それを現実逃避と言うんだと思いますが……おつらいんですね」

誤解を訂正しているヒマはない。僕は涙をのんで十年前へと心を飛ばす。

あの頃の僕は、周りの同級生と比べると少し幼かったかもしれない。

ゲーム機やサッカーに夢中な彼らと違って、僕はずっと子ども向けのおもちゃで遊んでいた。

その理由はさておき、ブーブーと空想の道路にミニカーを走らせるのは楽しい。でもそれ以上に、僕はおもちゃそのものに興味があったのだ。

ある日、僕は天啓のごとくにひらめいた。

よく可動するけれどすぐに取れてしまうハシゴ消防車のハシゴ。それは品質が悪いからではなく、子どもが乱暴に扱ってもすぐに直せる工夫と気づいたのだ。

「自分でなにかに気づいた瞬間って、感動するよね……」

世間では常識と言われていることでも、心が震えたあの瞬間は忘れられない。

思えば、アルファベットの「Ｓ」の書きかたを発見したときもそうだった。

「わたしも……自分で気づきたいんです。人の本心を」

我に返ると麦さんがうつむいていた。

目元は見えないけれど、きつく結ばれた口がまるで痛みに耐えているみたいだ。

「麦さん、大丈夫……？」

「……お帰りなさい蜜柑崎さん。『田』の意味はわかりましたか？」

「う、うん。たぶんわかったと思う」

麦さんが心に抱える謎のことを、僕はまだ知らない。

けれど、その謎を解く手伝いをしてあげたいと思った。

だっていまみたいな麦さんの表情を、僕はもう見たくない。

だからいまから僕が語る言葉は、あくまでも麦さんを導くためのものだ。

神に誓って私欲がからんでいるわけではない。本当に。ちょっとだけだ。

「麦さん、僕とデートしてください」

想定される返事は「どういう意味ですか？」、「真面目にやってください」、「おつらいんですね」などなど。

けれど麦さんはいつだって、僕の予想を超えていく。

「やっぱり『映画』だったんですね？　謹んでお受けします」

4

地面に赤や黄色の葉が積もっていても、人のいない境内《けいだい》はものさびしい。

ここは秋の静寂に包まれた神鳴寺《しんめいじ》。

しかしその本堂の裏にいる少年だけは、先ほどからどうにも落ち着きがない。

石段に座ったかと思えば立ち上がる。

ランドセルから本を出したりしまったり。

変化がないにもかかわらず、短い前髪をしきりにいじって風に笑われて――。

そんな地に足つかない少年の下へ、落ち葉を踏みしめ足音が近づいてきた。

「ソウくん待った？」

やってきたのは赤いランドセルを背負った少女。色が抜けたように白い肌。ビー玉のように輝く青い瞳。頭の左右で三つ編みにされた、イチョウと同じ山吹色の髪。

「ううん。いまきたとこだよエリー」

待ちくたびれたことなどおくびにも出さず、少年も目を輝かせた。

「今日のオニギリ、ほんとサイテーだった！　あたしが英語しゃべれないって、いつになったらわかるわけ？」

少年の隣に座るなり、少女が不機嫌をあらわにする。

「オニギリはエリーのことが好きなんだよ。だからかまってほしくて、きみにちょっかいかけてくるんだ」

「ほんとオニギリキモい！　あんなおかっぱぽっちゃりに好かれても、全然うれしくない！　今日だって帰るとき、しつこくつきまとわれたし」

少年が困ったように眉を下げる。

「やっぱり、ぼくがエリーとつきあってるって言ったほうがいいんじゃないかな。学校でしゃべれないのも不便だし。この前みたいに待ちあわせ場所の記号を書きそこねたら、また待ちぼうけになっちゃうし」

「ダメよ」

エリーと呼ばれた少女が、それまでと違う大人の声で言った。

「それでオニギリが嫉妬の果てに逆恨みして、ソウくんのことをいじめたりしたらどうするの？ ソウくんあいつとケンカして勝てる？」

「勝て……ないかもだけど、エリーのためならぼくは耐えるよ」

「甘いわ。ママのカップケーキを食べた猫のおしっこより甘い」

少年が笑った。

「ぼく、エリーのしゃべりかた大好きだよ。映画のセリフみたいで」

「あのね、世の中は映画みたいにうまくはいかないの。もしオニギリが、『エリーとソウがフジュンイセーコーユーしてます』って先生に言いつけたらどうする？ 学校はいじめに対しては見て見ないふりをするくせに、愛しあうふたりのことは簡単に引き裂いてくるわよ」

「それは……」

少年が視線を地面に落とす。

「大丈夫。あと半年も耐えれば卒業よ。中学生になったらみんなが恋愛に興味を持って、あたしたち以外にもカップルがたくさんできるわ。そうなったら逆恨みするほうが恥ずかしい存在になる。オニギリが子どもでいられるのもいまだけよ」

少女が両手で少年の頬に触れた。

「それって、少女マンガに描いてあるってだけでしょ？　まだ男子も女子もゲームとか動画に夢中になってるけど、来年から急に恋愛したりするのかなあ」

「するわよ。みんなが色気づく前に、ソウくんにコクってよかった」

少女と少年の唇が重なった。風は五分前より冷たくなっていたが、ふたりが寒さに身を縮める気配はない。

やがて、少年が息苦しそうに目を開く。

「ぼく、そろそろ塾に行かないと」

「もうちょっとだけ。ねえ、クリスマスにはまた映画に行こうね。うんとロマンチックで、濃厚なキスシーンのあるやつ。あたし、もっとキスがうまくなりたい」

「そ、そういうのは、たぶん年齢制限があるよ」

「じゃあふたりで最初に見たやつでもいいわ。片方だけさかさまにする暗号のもとになった、重力が反転してる世界の話。あの映画とっても好きよ。自由に会えない恋人同士って、すごく共感する」

少女がうっとりと目を閉じた。唇は少年に向いている。

「わ、わかった。似てる映画を探しておくよ。ぼく、もう本当に行かないと──」

「あと五分は平気」

少女が自分のスマホをチラリと見る。

再びちゅっちゅっちゅっちゅっちゅと麦畑が始まる気配を察し、僕はイチョウの木の陰から動いた。麦さんの手を引いて、急いで本堂の正面へ回る。

「ああ、本当に静かでいいところだなー」

「そうですねー。今日はデートに誘っていただきありがとうございましたー」

僕たちは歌うようにしゃべった。本堂の裏にいるふたりに聞かせるように。

「せっかくだからー、願いごとをしようかー」

「でもこのお寺ではー、絵馬が売っていませんよー」

「そこらへんの建物にー、直接マジックで描けばいいさー」

「そんなことしたらー、法に抵触するおそれがありますー。たとえきれいに消したとしてもー、未成年だったら間違いなく学校や親に連絡されますよー」

本堂の裏で、かすかに物音が聞こえた。

「なんてこったー。でもいまどうしても落書きしたい気分になったぞー」

「だったら駅の反対側になりますがー、坂の上のパン屋さんに行ってみてはいかがでしょうかー。パンの焼き上がり時刻を書いた黒板の裏側はー、フリースペースで誰でも自由に使えるみたいですよー」

顔を見あわせうなずくと、僕と麦さんは目で笑いながら神鳴寺を去った。

「答えあわせをお願いします……！」

そろそろおやつがほしくなる時刻。僕はブーランジェリーMUGIのイートイン席で、目を血走らせた麦さんと向かいあっていた。

いま僕の前にあるカップには、「？」と首をかしげるハリネズミのカフェオレアートが揺れている。

神鳴寺で少年たちにオペラのような助言を与えてから、二日がたっていた。間に店休日をはさんだので、麦さんは謎に生殺しされるような状態だったらしい。

「それにしても、エリーちゃんが本物の外国人だとは思わなかったよ」

彼女を表す「31773」、すなわち「エリー」はニックネームだと僕は考えていた。落書きを消すのを目撃したのは雨の日で、エリーちゃんが差していた傘が、顔はおろか金髪も隠していたのだ。

「違いますよ。外国人ではなく、おそらく欧米人の血を受け継いだ日本人です」

まったくもってその通りだ。僕もエリーちゃんが嫌っているオニギリくんと同じ偏見を持ってしまっている。

「ごめん、言い直すよ。最近の日本の小学生はすごいね……」

「すごかったですね……」

あの日に見せつけられたむつみあいのシーンを思い返し、麦さんは真顔で、僕は悶《もん》絶《ぜっ》の表情で、それぞれに頬を赤らめた。

「あれに比べたら、僕らの『デート』なんてかわいいものだったね」

「ええ。あやうく気合いを入れておしゃれするところでした」

「そ、そうなの？」

「お芝居とはいえ初めてのデートですから。宇佐ちゃんに相談したら、『蜜柑崎さんならジャージでもむせび泣く』と言われました」

あの人は僕をなんだと思っているのか。まあ泣いただろうけど。

というか麦さん、いま『初めてのデート』っておっしゃった？

「蜜柑崎さん。なぜ涙ぐんでいるんですか？　ジャージがよかったんですか？」

「いや……うん。普段の服装できてくれてよかったよ。それよりその……たとえお芝居でも麦さんとデートできて、僕はうれしかったです」

実際は『映画』に行くどころか、張りこみをしてお寺に向かっただけだけれど。

それでも僕は「死んでもいい」に近い感覚だった。あの日は僕史上、もっとも幸せな一日といっても過言ではない。

「わたしもです」

まあ麦さんの場合は、あのオペラ行為が楽しかっただけだと思う。けれど僕は有頂天だった。麦さんにはどうやら彼氏がいないらしい。しかもデートがうれしかったことに同意してくれた。なんだこれつきあってるんじゃないの？　僕たちもうつきあっちゃってるんじゃないの？

そこではっとなって辺りを見回す。以前こんな風に思い上がったときは、どこからともなく松ぼっくりが飛んできた。

「蜜柑崎さん。そろそろ謎解きのほうを」

「あ、ごめん。どこから始める？」

「わからないんです。わたしたちの『デート』当日、公園に張りこんでいると男の子が『500卍』と落書きするのを見ました。『500田』ではなくです」

「そうだね。彼のドキドキが伝わってきたよ」

「『卍』と言えばお寺の地図記号なので、蜜柑崎さんが一番近くにある神鳴寺に向かったのは理解できます。ですがあの時点のわたしたちには、解けていない謎があったはずです」

最初に撮影した「500田」の写真を、麦さんがテーブルに置いた。

「『田』という地図記号は存在しません。つまり数字の後ろの文字を、わたしたちは地図記号と断定できる段階ではありませんでした。だからあの時点では、『卍』を見てもお寺に向かうべきではありません」

「その口ぶりだと、麦さんも気づいているんじゃない？　ソウくんが描いた『田』の文字は、実は『卍』のことだったって」

「はい。最初にイエモンさんが見つけたという落書きも『500卍』でした。『500田』と並べると、両者はほとんど同じです」

「うん。もっと早くに気づくべきだったよね」

「でも直感ではだめなんです。わたしには『卍』と描こうとして、『田』になった理由に納得のいく説明ができません。『0』と『U』の例もありますが、『卍』という記号と漢字の『田』では、書き順がまるで違います」

まあわからないと思う。お店の前に置かれた黒板の文字を見る限り、麦さんの字はとてもきれいだから。

「前にも言ったけど、僕は字が苦手だったんだ。小学生の頃は特にそうで、僕はアルファベットの『S』がどうしても書けなかった。あの男の子みたいに『5』じゃなくって、『乙』になっちゃうんだよね。だから必殺技を編みだしたんだ」

「必殺技ですか？」

「うん。まず数字の『8』を書いて、二カ所に消しゴムをかける。すると『S』になるでしょ。二度手間だって思うかもしれないけど、『乙』を書いちゃってから消すほうが、僕には面倒だったんだ」

麦さんが真顔のまま目を見開いている。

「『卍』っていう字も、『S』に似た難しさがあるよね。だから僕が『卍』の地図記号を書くとしたら、『田』の字に消しゴムをかけると思ったんだ。実際ソウくんもそうしたかったんじゃないかな。でも僕がカフェオレをこぼして悲鳴を上げたから、消す前に逃げちゃって暗号が完成しなかったんだよ」

神鳴寺での発言によると、ソウくんはメッセージが伝わらずに待ちぼうけをくった日があったらしい。おそらくあの日のことだろう。機会があったらパンのひとつもおごって上げたいところだ。

「すごい……ですね。そんな書きかた、まったく想像できませんでした」

「僕は麦さんのほうがすごいと思うよ。だって神鳴寺に行く前から、あのふたりが映画好きだってわかってたんでしょ？」

僕がデートしてくださいと誘ったあの日、麦さんは『やっぱり映画だったんですね？』と返してきた。僕よりもきちんと推理できている証拠だと思う。

「はい。イエモンさんは最初に『血３１なんとか』というメッセージを見つけていました。数字も忘れていたようですし、視力も悪いと聞いています。正確には『血』ではなくて、さかさまにした博物館の地図記号だったと思います」

どれどれとスマホで調べてみると、博物館の地図記号はいわゆるパルテノン神殿を模したような形で、漢字の「血」や「皿」によく似ていた。

「でも、望口周辺に博物館なんてあったっけ？」

「いいえ。ですが一部のポケット地図やアプリでは、映画館に博物館の記号を代用しています。国土地理院の地図記号に映画館がないので。そして望口から一番近くにある博物館記号はこれです」

麦さんがスマホの画面を見せてくれた。都内の映画館に、「血」に似た記号がプロットされている。

「男女が映画館で待ちあわせたら、まあ『デート』だよね……」

それで麦さんは、僕の誘いをあっさり受け入れてくれたわけだ。なんだろう。デートができてうれしかったのに、妙にトホホと感じてしまう。

「蜜柑崎さん。まだわからないことがあるんです」

「待って麦さん。あの『田』は経験則から導きだしただけで、麦さんに推理できないことが僕にわかるわけないよ」

「いえ、きっとわかるはずです。ソウくんとエリーさんが、たとえば紙に書いて掲示板に貼っておくということをしなかったのは、ほかの誰かにはがされることを懸念したからだと思います。その理屈は理解できます」

「うん。オニギリくんって邪魔者もいるしね。それに落書きだったら、はがせる紙と違ってわざわざ消す人は少ないだろうし」

「そうです。でもエリーさんはスマートフォンを持っていました。だったらなぜ、ストレートに電話で連絡を取らないんでしょうか？」

「それは……うーん。そのほうが、ロマンチックだからじゃないかな」

ソウくんは塾に通っているという。だったら帰りは遅くなるはずで、親も携帯電話くらいは持たせているだろう。なんならふたりはあの調子で、毎晩長電話をしているかもしれない。

けれどデートをする場所は、当日に相手からのメッセージを確認するまでわからない。そのドキドキが映画好きの少年を燃え上がらせると、エリーちゃんは知っているのではないだろうか。

そんな漠然とした想像を麦さんに聞かせる。現時点で真相は不明だけれど、ふたりがお店にくるようになれば解明するチャンスもあるかもしれない。

「やっぱり……わたしはいつまでたっても人の心がわかりません」

「いま言ったことが正解ってわけじゃないよ。僕は想像してみただけだし」

「わたしには、その想像力がありません」

「そんなことないよ。最初に『500』を『SOU』と読んだのも、『v』が地図記号の畑だと気づいたのも麦さんだし。僕は『田』が『卍』だと経験的にわかっただけで、その謎が解けなくても正解にはたどりつけたはずだよ」

「……ベイスド・オン・ア・トゥルー・ストーリー」

唐突な英会話に、僕は「へ？」と間抜けな声を出した。

「『実話に基づいている』――映画でたまに見かける惹句《じやっく》です」

ああと合点《がてん》がいく。戦争をテーマにした映画なんかで、冒頭に表示されるそういう文句を見た記憶があった。

「そういった映画は結末が決まっています。歴史的事実として、観客も最後がどうなるかはわかっています。けれど監督の手腕によっては、その知っていたはずの結果が変わってしまうんです。正確に言えば、変わって見えてしまうんです」

ほんの一瞬、麦さんが視線を厨房の奥へ向けた。

「……結果だけわかっていてもだめなんです。観察して、想像して、そこに至る過程をすべて完璧に把握して、初めて真実を知ることができるんです」

きっと麦さんは、とても大きな謎を抱えているのだと思う。だからそれを解明するために、普段から謎に接して鍛錬しているんではないだろうか。

麦さんは名探偵だ。洞察力と行動力に優れている。けれど探偵は事件の真相を解き明かすのが仕事であり、人の感情に配慮しない。

でもそんな些細《ささい》な人の心こそ、麦さんの知りたいことなのかもしれない。

だとしたら、凡人の僕にもできることはあるはずだ。

「麦さん、また一緒に謎を解こうね。パンを食べながら」

僕はあなたのSOSを受け取りました。そう伝えるべくほほえむ。

「いいですよ。試作品をたくさん持っていきます」

なんだか単なる食いしん坊のように伝わった気がするけれど、いまのところはそれでよしとしよう。

というわけで、僕はパン・オ・ショコラにかぶりついた。

今日はいつもと同じスタンダードなチョコだけのものを選んでいる。焼きたてのクロワッサンはサクサクで、中の棒チョコもほのかに温かい。パン・オ・ショコラは甘く優しい。幸せを食べているみたいな気分だ。

「蜜柑崎さん、あれ」

麦さんが窓ガラスの向こうを指さした。見れば坂の途中に設置された黒板に向かって、あのソウくんがチョークを動かしている。

麦さんは笑っていた。自分では気づいていないのかもしれないけれど、謎が解けたとき以上に素敵な『よく寝て起きた女神』の顔だ。

「蜜柑崎さん、本当にありがとうございました。おかげで少し自信が持てました」

「自信？　なんの？」

なんの気ない質問だったのに、麦さんがすっと真顔に戻った。そのままなにも言わずにレジへ戻っていく。

僕は愕然としたけれど、以前にもこんなことがあった。焦ってはいけない。

季節はまだ秋。春がくるのは冬を越してからだ。

「それじゃあ麦さん。また明日」

返事はなかった。心で号泣しつつ店を出る。

帰りがけに黒板の裏を見ると、「500卍」の文字があった。

「神社とかお寺とか……人がいないところばっかり選んでもう！」

この分だと、畑も本当に麦畑かもしれない。いつか説教してやろうと大人げなく憤慨していると、ソウくんの文字の横に絵があることに気づいた。

かわいいタッチで描かれたウサギが、虚空に松ぼっくりを投げている。

そんなイラストの横についたふきだしには、こう書かれていた。

『明日の十五時、公園で』

「やりますね蜜柑崎さん。今回の謎解き結果には、上のものも満足していました」

秘密組織のメッセンジャーのように、筑紫野さんはニヤリと笑った。

「誰ですか上のものって」

「好奇心は猫を転ばしますよ。ちなみに下のものはハトです」

ベンチの隣にいる筑紫野さんのセンスも思惑も、僕にはまるでわからない。

「それで、あの日にこの公園で掲示板に落書きする男の子を見張っていた僕と麦さんを見張っていた筑紫野さんが、いったいなんの用ですか」

「つれないですね。知っていますか？　社交性と遮光性はリンクするんです。陽の当たらないくらーい部屋に住んでいるから、蜜柑崎さんはそんな風にじめじめした性格なんですよ」

「余計なお世話……って、なんで僕の下宿を知ってるんですか！」

「それはさておき、蜜柑崎さんが恋する女の子の話をしましょう」

「ぼっ、僕は別に、麦さんに恋なんてしているわけじゃ……あいたっ」

鼻先にぽてんと松ぼっくりが当たった。筑紫野さんが笑っている。

「いまさらごまかさなくてもいいじゃないですか。ついでに言っておくと、ここはわたしの通勤経路です。あの日にふたりを見かけたのはたまたまですよ」

「でも、僕たちが謎を解いたと知っていた。その後も見張っていた証左だ」

「それは普通に麦ちゃんから聞かされました。興奮気味に。言っておきますけど、わたしは蜜柑崎さんみたいにヒマじゃありません」

後半にむっとしたけれど、麦さんが僕の話をしていると聞いてうれしさが勝ってしまった。

「麦さんは、僕のことをなんて言ってました？」

「見た目は子どもっぽい大人、頭脳は大人っぽい子どもの名探偵」

「すごそうに見えていいところがひとつもない！」

「でも麦ちゃんは、蜜柑崎さんに敬意を持っていますよ。普段の彼女がなんであんなに仏頂面なのか知っていますか？」

仏頂面は言いすぎだ。でもきちんと笑うことのできる麦さんが、普段表情がないことはずっと気になっている。

「……知りません。正直なところ、想像すらできません」

「まあわからないでしょうね。麦ちゃんが笑わない理由は、人から興味を持たれないためです」

「興味を持たれないって……ナンパ避けみたいな意味ですか」

「お高くとまっているわけじゃないですよ。麦ちゃんが人に興味を持たれたくないのは、人に興味を持ちたくないからです。連太郎くんの受け売りですけど——」

連太郎くんというのは、麦さんや筑紫野さんと同じ東京助手大の学生らしい。彼はバイトで占い師の助手をしている。だから人の心理に詳しいのだと、よくわからない説明を受けた。

「人間は、自分に興味を持っている人に興味を持つものだそうです。恋愛で特に顕著ですね。ビジネスシーンで相づちのうまい人が好かれるのは、相手が『自分に興味を持ってくれている』と錯覚するからだそうですよ」

「ええとつまり……麦さんは素っ気なく振る舞うことで、他人に興味を持たれないようにしている。そしてその理由は、自分が相手に興味を持ちたくないから……ということですか？」

筑紫野さんがうなずいた。

「だから蜜柑崎さんと初めてお会いしたときに、『いま以上に仲よくなれない』と予言したんです。でも麦ちゃんは、蜜柑崎さんの前で二〜八回ほど笑いましたね」

「なんで知ってるんですか……というには数字がアバウトだけど」

「まあいいじゃないですか。ともかく麦ちゃんが蜜柑崎さんに興味を持ってしまったようですので、これはわたしがお知らせしておくべきかなと。自分で聞けるチャンスもあったのに、蜜柑崎さんはひよって、ヘタれて、後ずさったので」

ひどい言われようだけど、『自分で聞けるチャンス』に心当たりはある。

公園で張りこみをしていたとき、麦さんが落ちこんでいるように見えたことがあった。しかし僕は理由を尋ねようとしてためらった。するとどこからともなく、松ぼっくりが飛んできたのだ。

「筑紫野さん、コントロールいいですね……」

「中学時代に少しかじったんです。さてどうしますか蜜柑崎さん。わたしの話を聞いていきますか？」

なにをかじったのか気になるけれど、いまは麦さんの話だ。

これから筑紫野さんが話してくれるのは、きっと麦さんが心に抱えている秘密についてだろう。それはとてつもなく悲しい出来事かもしれない。

ごくりとつばを飲んだ。覚悟を決める。

僕は、麦さんに寄り添いたい。

「筑紫野さん。僕になにを教えてくれるんですか」

「わたしの黒歴史です」

「……は？　……は？」

思わず二度聞きした。

「別に冗談じゃないですよ。麦ちゃんがあんな『謎解きたガール』になったのは、わたしが原因なんです」

深いため息をつき、筑紫野さんは珍しく苦笑いなんてしながら語り始めた。

Hedgehogs' bench time -秋-
筋肉があれば空も飛べるはず

朝起きて、学校や会社に行きたくないことがある。
別にいやなことがあるわけじゃないのに。
だから行ったら行ったで、問題なく帰ってくる。
人間は、ぼくたちハリネズミとは違う。
いつも未来に起こることが不安で不安でしかたないって。
窓辺に飛んできたハトが教えてくれた。
ハトは渡りの小説家。
夜になるとムギの部屋へ遊びにくる。
家から出たことのないぼくに、言葉と世界を教えてくれる。
あるとき、ぼくはハトに聞いた。
ハトはなぜ、ときどき体に傷を作っているのかって。
するとハトは、『外には獰猛《どうもう》なカピバラがいるのだ』とクルクル鳴いた。
あるとき、ぼくはハトに聞いた。
ハトはなぜ、鳥なのに夜も飛べるのかって。
するとハトは、『カピバラと戦うために鍛えたのだ』とハト胸をそらした。
そして夏の終わりに、ぼくはハトに聞いた。

どうすれば、心に刺さったトゲを抜けるかって。

するとハトは、豆鉄砲をくらったみたいな顔をした。

そうしてちょっと考えた。

最後に『ただそばにいてやればよい』って、力強く首を前後に振った。

ハトは小説家だから、「たとえ」を使う。

外の世界にいるカピバラは、たぶん「危険」のたとえ。

前にムギも言ってた。

テレビでハリネズミを見ているときに。

『あの子と違って、フォカッチャは外に出ちゃだめだよ。外来種は日本の病原菌に耐性がないからね。もうちょっと大きくなってから』

ぼくはまだひよこ。だから空を飛べない。外に出られない。

でもぼくは、ムギのそばにいてあげたい。家の中でも。家の外でも。

外には「危険」がある。きっとハリでは守れないやつ。

ぼくも、ハト胸がほしい。

夜が長い季節になった。

ぼくは体を鍛え始めた。

ケージの中で、カラカラと滑車を回した。

カラカラカラ。楽しい。

トイレットペーパーの芯に頭をつっこみ、部屋中を走り回った。

カシュカシュカシュカシュ。楽しい。

今日もいい汗かいた。床が冷たい。気持ちいい。

カシャッって聞こえた。

ムギがくすくす笑ってる。

「『フォカッチャが疲れ果てて、床にぺちゃんって倒れたところ』……送信っと。いまね、ウサちゃんにフォカッチャの写真を送ったんだよ」

ウサはムギの友だち。ときどきここにくる。

『人に寄り添うのはたいへんだろうけど、がんばれトゲゾー』

ウサはいつも、雲の上から見下ろすみたいに言う。

「フォカッチャ、最近よく体を動かしてるね。ハリネズミにも運動の秋？　それとも心境の変化？」

ムギが床にうずくまった。目の高さが同じ。

「変化と言えば、フォカッチャを飼い始めてわたしも変わったんだよね」

鼻の前に指がきた。つかれたのでなにもしない。

「去年くらいから『よく笑うようになった』って宇佐ちゃんに言われたし、連太郎くんも『普通の女の子っぽくなってきた』ってほめてくれたし。蜜柑崎さんが知ったらびっくりするかもね。これで笑うようになったのかって」

ぼくはじっとムギを見上げる。じいっと。

「そうそう。最初の頃は、そんな風にお互い警戒してたよね。わたしもじいっとフォカッチャを見てた。どっちがハリネズミかわからないくらい……あ、返信。『バイト先に似たのがいる』って。え、なにこれかわいい」

ぼくは窓を見た。閉まっている。

しばらくハトに会ってない。

「宇佐ちゃんは、いつもわたしのことを気にかけてくれるよね」

ムギが遠くを見た。ぼくも一緒に遠くを見る。

「フォカッチャとの出会いもそうだよ。『人と触れあうのが怖いなら、まずは動物から慣れれば』って言われて。高校卒業した春休みに、宇佐ちゃんと一緒にペットショップへ行って。ハリネズミを選ぶのがわたしらしいって笑われたっけ」

ぼくも思った。ムギはぼくに似てた。

「それから二年半。仲よくできる人なんて宇佐ちゃんしかいなかったのに、大学に入ってからは連太郎くんとも友だちになれた。最近は蜜柑崎さんとも話すし、本当にフォカッチャのおかげで変わったのかも」

ぼくは後ろ足で立った。でもそれだけ。

すぐに後ろ向きに倒れた。

「『こてん』っと。わたしを応援してくれたの？　がんばってたけど、わたしもフォカッチャも、まだまだ訓練が足りないね」

ムギがおなかをなでてくる。

気持ちがいい。眠く、なる。

「ハリネズミのマッサージはうまくなったけど、人の心はまだ……ね。また宇佐ちゃんのときみたいに傷つけたら――」

ぼくは背中のハリを逆立てた！

「ごめんごめん。フォカッチャは愚痴を聞くのが嫌いだもんね」

嫌いじゃない。

ムギはウサを傷つけた。でも心にトゲが刺さってるのはムギ。

ぼくにはそれがわからない。だから怒る。

「大丈夫だよ。わたしはフォカッチャと同じくらい臆病だけど、蜜柑崎さんと謎を解いて、ちょっと自信がついたから」

ムギが机の写真を見た。パパママと笑う小さなムギ。

また心がチクチクしてる？

違うかも。ハトが言ったほうかも。

未来に起こることが不安で不安？　心配で心配。

「蜜柑崎さんって、わたしのことをどう思ってるのかな」

ぼくは、ふしゅっと鼻を鳴らした。

「怒んないで。機嫌とってあげるから。仰向けにしてー、両手の親指でー」

ムギが指を動かす。ふにふに気持ちいい。

「わたしはね、蜜柑崎さんのことを尊敬してるよ。すごく頭がいいし、親切だし」

眠く、なる。でも。

ぼくは、ふしゅっと鼻を鳴らした。

ミカンザキはてんでだめ。ぼくのほうがずっと賢い。

「パンもおいしそうに食べるんだよね。蜜柑崎さんって、絶対に『ながら食べ』しないんだよ。いつも真剣にパンと向きあうっていうか、味わって、感謝して、大切に食べてくれるんだよ」

眠り、そう。でも。

ぼくは、ふしゅふしゅふしゅふしゅと、鳴いた。

「あのね、フォカッチャ。いまわかっている『結果』を『真相』にするためには、もっと人の表情や行動を観察して、観察して、観察して、これは絶対って確証が必要なんだよ。そうじゃなければ『真相』なんて知らないほうがいい。『結果』は……いまの時点で最高なんだから」

ムギやめて。眠り、そう。

「そのためにも、蜜柑崎さんの気持ちが知りたいな……」

ねむい……ねむい……。

もっと、体を鍛えたいのに……。

ミカンザキめ……ミカンザキめ……。

「あ、寝た。知ってる？フォカッチャって寝言いうんだよ」

夢を見た。

ムギと一緒に、空を飛んでた。

第三話　家族の角食

～角食（かくしょく）～

型にふたをして焼いた四角いものは「角食（かくしょく）」、ふたをせずにふくらんだ山形は「山食（やましょく）」。山食は「イギリスパン」とも。生地にバターやミルクを練りこんだリッチ系は「ホテルブレッド」。フランス語で言えば「パン・ド・ミ」。

要は全部「食パン」である。

1

信じられないことに元旦だった。

「どうしてこんなことになったんだ……」

僕、蜜柑崎捨吉《みかんざきすてきち》は布団の中で頭を抱えている。

なぜなら進路が決まっていないからだ。

世間はとうに内定式も終わり、そろそろ現三年生向けエントリーも始まろうかという新年度目前。なのに卒業を間近に控えた四年の僕は、いまなお就活らしいものをまったくしていない。

なぜと言われれば、どうにもやる気が起きないからだ。活動しなければ春から無職とわかっているのに、僕は就活サイトをのぞくことすらしていない。

そのくせこうして不安におびえているのだから、我ながらまったくもって意味不明である。いったい僕はどうしてしまったのか。

そんなわけで親にもあわせる顔がなく、今年はやってもいない就活を理由に帰省しなかった。大学の友人はみな実家に戻っているので、目下の僕はひとりさびしく下宿で新年を呪って、いや祝って、いややっぱり呪っている。

「ああ、早く終わってお正月……」

こんな僕をなぐさめてくれるのは、近所のパン屋「ブーランジェリーMUGI」で働いている高津《たかつ》麦《むぎ》さんだけ。彼女の真顔は僕の癒やし。いや笑ってくれたほうがもっといいけれど。

しかし悲しいかな。三が日は店が休みなので、僕はこうして布団の中でぐじぐじと発酵するしかない。

さて、こんな風に語ると、僕が色ボケしてなまけていると思われるだろう。

しかしそれは違うと断言したい。

そりゃあ僕は麦さんに恋をしているけれど、別に彼女とどうこうなりたいわけじゃない。僕はただイートイン席でパンを食べ、カフェオレを飲み、麦さんの無表情な横顔を眺めるだけで満足なのだ。

なんて言いつつ、麦さんが愛する「謎」を探しては一緒に解いているけれど。

でもこれだって謎が解けたときの麦さんの笑顔を見たいだけで、僕には決して下心などない。ないに等しい。まあゼロではないが大事なのはそこじゃない。

ともかく僕が言いたいのは、蜜柑崎捨吉が就職活動をしない理由は、高津麦とは一切関係がないということである。これは僕自身の問題なのだ。

などと布団の中で鼻息を荒くしていると、電話が鳴った。

携帯ではなく家の電話だ。この番号にかけてくるのはひとりしかいない。

僕は布団にもぐりこんで電話を無視した。

しかしトゥルトゥルという呼び出し音は、なかなか鳴り止《や》まない。

負けるものかと耳をふさいでいると、二十コールほどでやっと静かになった。

やれやれと布団からはいだしたところで、再び電話がトゥルトゥル鳴る。

「これ、出るまで鳴り続けるやつだ……」

僕はあきらめて受話器を持ち上げた。ため息とともにうんざりと口を開く。

「なに、お母ちゃん」

『なにじゃないが！　あんたおめでとうもよう言いよらんの？』

母の方言を聞いた瞬間、なつかしさと罪悪感が同時にわいた。

「……わかったよ。あけましておめでとう」

『おめでとうじゃなかろうが！　あんたなにしよるん？　正月に帰ってこんって、どういうつもりなん？』

「だから、就活が忙しいんだって」

『よもだいいなや。お母ちゃんヒシハシさんに聞いて知っとるんよ。この時期に就活なんてだーれもやりよらんが。追加募集なんてそうそうないけんね』

思わず「ぐっ……」と言葉に詰まった。昨今の就活事情など知るまいと決めこんでいたけれど、おばちゃんネットワークはなかなかあなどれない。

『あんたねぇ、仕事ないんやったら帰ってき。そんでお父ちゃんの跡継ぎ』

僕の実家はマイクロブルワリーを営んでいる。

わかりやすく言えば地ビールの醸造所だ。「すっきりしたミカンのビール」というクラフトビールを、原材料のミカンから作って販売している。

「あのさ、お母ちゃん。ずっと前から言ってるけど、跡を継ぐ気はないから」

『待ちより。いまお父ちゃんに代わるけん』

「いいって。別に親父と話すことなんてないよ」

しかし受話器からすぐに、『捨吉か？』と親父の声が聞こえた。

「……うん。あけましておめでとう」

『元気か』

「息災だよ」

『そうか。仕送りは足りてるか』

「大丈夫」

『わかった。母さんに代わる』

淡々とした会話だけれど、別に親子仲が悪いわけじゃない。

親父はもともと口数が少ないのだ。性格も真面目一徹な頑固者で、こっちが冗談を言ってもくすりともしない。仕事も肉体労働だから筋骨隆々。「鉄吉《てつきち》」という名前の通り、たたけばガキンと音がしそうな、硬くて固くて堅い父ちゃんだ。

電話の向こうで『あんたなんも言いよらんかったが！』と、母が親父をののしっている。その後にバチンと音が聞こえた。

親父は言葉よりも行動で示すタイプ、と言えば聞こえはいいけれど、単純に無口すぎる。だからか母は怒りをぶつけるように、よく親父の背中をたたく。もちろん鋼鉄の体は動じないけれど。

『捨吉、おる？』

母の声に「おるよ」と返して苦笑した。こっちにきてから標準語しかしゃべっていないのに、僕の体にはやっぱり土地の言葉がしみついている。

『ともかく、近いうちに一回帰ってき。ばあちゃんも心配しよる』

「うん。考えとく。じゃあ」

電話を切って、またため息をついた。

春から無職になるのが嫌ならば、実家に帰って家業を手伝えばいい。肉体労働はしんどいけれど、地元には古くからの友人もいて安心感がある。

大学の友人である丼谷《どんぶりだに》なんかは、入学前から家業を継ぐと決めていた。というより決められていた。厳しい家らしい。すでに許嫁までいるくらいだ。

けれど丼谷には不満がない。彼はこう言った。

『二親《ふたおや》だけでなく、家業もまた吾輩の親である』

その気持ちはわからないでもない。思春期の頃は家の手伝いで遊びに行けずに不満だったけれど、それでも実家を離れると家の仕事をなつかしく思う。

いくつもの内定を蹴散らした就活プロのニガリだって、最終的には親の豆腐店で働くことを選んだ。今後は兄とふたりで「次世代豆腐」をキーワードに、キャズムを越えて業界のオピニオンリーダーを目指すらしい。

茶葉農家を継がずにバンドマンを選んだイエモンだって、別に家業を嫌ったわけではないだろう。彼にはやりたいことがあった。たぶんそれだけだ。

その意味では僕も同じだ。でも「憧れの会社に就職する」という夢は、音楽で食べていくことと違って方法がひとつしかない。「今後は社員の募集をしません」と言われたら、デモテープをレコード会社に送ったり、路上でライブを行ったり、動画サイトに演奏をアップするという方法は選べないのだ。

だからいまの僕がすべきは、新しい夢を見ることだ。

破れた夢を忘れられるような、夢中になれるなにかを探すことだ。

「でも、一年たってもなにも見つからなかったなあ……」

もちろん麦さんと出会ったり、パンのおいしさを知ったりはしたけれど、それは仕事に結びつかない。パン職人はパンをおいしく食べてもらいたい人で、僕は単においしく食べたい人だ。

「やっぱり、ほかにやりたいことなんてないよなあ……」

手なぐさみに枕元のミニカーで遊ぶ。

破れた夢の助手席に、僕が夢中な麦さんを乗せ、夢想のパンを食べながら、夢幻の道路をひた走る――。

信じられないことに、いじけていたら二日もたっていた。

「どうしてこんなことになったんだ……」

僕は布団の中で頭を抱える。早く終われと思っていたけれど、正月らしいことをまったくやっていない。いや正月らしくないことすらしていない。僕はどこまでダメ人間になるのか。

「……まあいいか。明日になれば麦さんに会えるし。うふふ」

よーし明日はブーランジェリーMUGIに行くぞ。なんなら朝晩で二回行っちゃうぞ。などとほくそ笑んでいると、インターホンが鳴った。

さては麦さんが年始の挨拶に晴れ着姿できてくれたのかと思ったけれど、出てみると作業着姿の宅配ドライバーだった。ですよね。ご苦労さまです。

見慣れた「すっきりしたミカンのビール」のダンボールを受け取る。

いいタイミングだった。冷蔵庫にもまだいくらか冷えているけれど、「め組《ぐみ》」で新年会をするには在庫が心許《こころもと》ないと思っていたところだ。

そう思って箱を開けたら、中身はビールではなくミカンだった。

不思議に思って受取伝票を見ると、差出人が「蜜柑崎鉄吉」となっている。いつも救援物資、というか「友だちと飲みなさい」とビールを送ってくれるのは、母の役目だったのに。

「ミカンなんて送られてもなあ……」

子どもの頃からおやつにおめざにと出されているので、僕はもう一生分を食べ飽きている。別に嫌いなわけではないけれど、自分の苗字だけで満腹なので、もうミカンを口にする気はあまりない。

「困ったな。どう処理しよう」

このミカンばかりは、「め組」で食べようとはならない。

なぜなら品種がちょっと特殊で、こいつはミカンのくせに甘みというものがまったくないのだ。食べた瞬間に口がすぼまるすっぱさで、慣れていないとそのまま食べるのは不可能に近い。

僕が幼い頃、親父の同業者たちが笑っていたのを思いだす。

『すっぱいを通り越してしっぱいやが。こんなもんミカンじゃなかろうよ』

それでも親父は借金までして、無農薬栽培で甘くないミカンばかり作った。ほとんど売れはしないのに、周りの意見を聞かずにすっぱいミカンを作った。

おかげで我が家は、笑ってしまうくらいに貧乏だった。

だからパンなんて、給食以外で食べたことなかった。

僕の衣服は兄弟ならまだしも、隣に住む同級生のお古《ふる》だ。

その頃は学校中で携帯ゲーム機がはやっていたけれど、当然買ってもらえるわけがない。しかしそのゲームだけはどうしてもほしかった僕は、無理を承知で親父にねだってみた。

当然『だめだ』と一蹴される。

それでも僕はほしくてほしくて、ミカン畑で働く親父にまとわりついた。

あまりにしつこかったからか、とうとう親父が右手を振り上げる。

『買えんもんはしょうがなかろうが！』

握った拳を地面に振り下ろし、親父は泣いていた。

僕は驚きで声も出なかった。親父が泣くのを初めて見たからじゃない。

大人が泣くのを初めて見たのだ。自分はとんでもないことをしてしまったぞと、震えて逃げだしたのを覚えている。

その後の僕はわがままも言わず、中学生になってもミニカーで遊んだ。

あのときあんなにゲーム機がほしかった理由は、もう覚えていない。たぶん、一度くらいは大きな輪に加わってみたかったんだろう。

そんなわけで、両親がそろって汗水垂らして働いているのに、我が家はいまどき珍しい貧しさだった。親父が素直に甘いミカンを作らなかったからだ。

でもいまは親父も鞍替《くらが》えして、ミカンでビールを作っている。

これがぼちぼち当たってくれたおかげで、僕は大学にまで通わせてもらい、バイトもせずにひとり暮らしをさせてもらえている有り様だ。「すっきりしたミカンのビール」さまさまである。

　親父は相変わらず原材料としてミカンを栽培しているけれど、仕事は醸造のほうが多い。だから人に尋ねられたら、僕は家業を「酒屋」と言っている。

　単純にブルワリーと言っても通じないのもあるけれど、本当はきちんと説明すると悲しくなるからだ。親父は生活することを選択し、家族のために夢をあきらめた。

　そんな親父が、僕にダンボールいっぱいのミカンを送ってきた。

　ぎっしりと詰めこまれた、「しっぱい」ミカンを。

「『おまえもあきらめろ』ってことか……」

　親父はいつも言葉で語らず、行動で示してきた。

　僕があきらめるべき時期はとうにすぎている。いいかげん、けじめをつけなければならない。親父がミカンを送ってきたのは、帰ってこいというメッセージだ。

「明日はブーランジェリーMUGIに行こう……そして麦さんに会って、きちんとお別れを言おう……」

　その晩、僕は少し泣いた。

　嘘だ。盛大におんおん泣いて、いつまでたっても涙が涸《か》れないので、高尾山のふもとに住むニガリに出てきてもらった。

豆腐を肴《さかな》にぐちぐち酒を飲んでいると、帰省していたはずの井谷とイエモンがやってきた。ニガリが呼んでくれたらしい。

感謝と酔った勢いもあり、僕は夏から始まった麦さんとの関係について話してしまった。奇妙な出会いや、パンのおいしさや、ふたりで解いたいくつかの謎と、彼女が心に謎を抱えていることについて。

でも実は、三人とも気づいていたらしい。なのに彼らはからかうこともせず、遠くから見守ってくれていたのだそうだ。

「……そうだったのか。ありがとう。ニガリもイエモンも彼女いないのに」

「そのポジショントークはいただけないな蜜柑崎。おまえにだって彼女はいない」

「でも僕には麦さんが……いや、そうか。もう実家に帰るんだもんな……」

背を向けていた現実が、千鳥足で回りこんでくる。

僕はもう麦さんに会えない。あの『よく寝て起きた女神』の笑顔を見られない。真顔の感情を察することができない。ブーランジェリーMUGIのパンだって食べられない。フォカッチャにすらも会えない。麦さんと謎を解くことができない。もう謎を探す必要もない。僕たちはもう――関係がない。

「ああもう！　さっさとその『面倒な人』に告白せAぇぇぇ！」

酔いも回った夜更けのさなか、イエモンがAのコードをかき鳴らした。

「やめろ酔っ払い！　ここは『め組』の部室じゃないんだぞ！　あと『面倒な人』じゃなくて『面妖な人』だ！」

「べつに追いだされたってEじゃん。どうせ再来月には出ていくんだC」

アルコールの効果というのは恐ろしいもので、僕は一瞬「一理あるな」と思ってしまった。しかしすぐに頭を振ってギターを奪う。

「立つ鳥は跡を濁すべきじゃない。大家さんに追いだされたり、一方的に自分の気持ちを押しつけたりしてはいけないんだ」

望口《のぞみくち》に残ってバイトでもするならまだしも、僕は実家に帰って家業を手伝うと決めたのだ。麦さんと会うことはもうないだろう。伝えてもどうにもならない恋なのだから、胸の奥にしまっておくべきだ。あといま追いだされるのは普通に困る。

「傲慢である」

コップのビールを傾けながら、丼谷が静かに言った。

「丼谷にアグリー。告白してすぐにフラれればイシューは残らない。蜜柑崎が胸に秘めると言っているのは、単なる自己保身だFYI」

ニガリの解釈に、僕は「ぐぬ……」とほぞを噛んだ。確かにそういう気持ちがなかったわけではない。

「でも百万が一、告白が受け入れられたらどうするんだ。僕たちはすぐに離ればなれになる。そんな酷い仕打ちはできない」

「だから丼谷は、『傲慢』って言ったんじゃないの？」

イエモンに言われてはっとした。

丼谷は故郷に許嫁を残している。遠距離恋愛はいまでもきちんと続いていて、今日も丼谷は許嫁が作った郷土料理を持ってきてくれた。

『夫婦《めおと》のことを、どちらか一方が決める事なかれ』

丼谷はそう伝えようとしているのだろう。言葉ではなく行動で示す丼谷を、僕はいつも無条件で信頼していた。丼谷は親父に似ている。

「……うん。丼谷の言う通りだ。ひとまずはきちんと麦さんにお別れを言って、僕の気持ちは折を見て伝えるよ」

「いや蜜柑崎。もう勢いでバジェット告白してこい」

「ニガリが酔いすぎて意識低い系になってる」

「真面目な話だ。想いを告白しそこねると、風呂に入っているときに昔の失態を思いだして『アーッ！』って頭抱える感じが、ずっと続くんだぞ」

「ニガリ本当に酔いすぎだ。もはや意識高い用語がひとつもない」

「蜜柑崎んちのビールがうまいんだよねー。ミカンのビールとか完全にイロモノなのに、これマジ何本でも飲めるCぃぃぃぃ！」

「エアギターなのにうるさい！　助けてくれ丼谷。こいつらを止めてくれ」

「骨は拾おうぞ、捨吉。春に桜の下で逝け」

「桜……」

去年の秋、僕は麦さんとふたりで見晴《みはらし》用水を歩いた。

隣に麦さんがいることで、僕にはどこまでも続く桜のアーチが見えていた。

あの景色の中を、本当に麦さんと歩けたらどんなに幸せだろうか。

「……わかった。桜の花が咲く頃に、僕は麦さんに想いを告げるよ」

一緒に歩く春の日を胸に、僕は遠い故郷で生きていこうと思う。

2

しんとした寒さを鼻先で知覚し、正月だなあとしみじみ感じた。

いつもの景色がいつもより静かで、心なしか空が高く見える。この感じは、きっと日本のどこでも変わらないのだろう。僕は正月の朝の空気が好きだ。

沈んだ気分を少し上向けながら、通い慣れた店へと坂道を下る。

こんな風に望口を歩けるのもあと少し。四年間で僕の一部になったこの街を、去る間際までしっかりと目に焼きつけておきたい。

そしていつの日か、遠い故郷で思いだそう。

坂を下ると漂ってくる、焼けたパンの香りを。

やがて見えてくる、吊り下げられたブラケット看板を。

パンの焼き上がり時刻が書かれた黒板の前を横切る。

ローズマリーが地植えされた庭の敷石を渡る。

茶色いドアの前に立ち、少したためらってからノブを回す。

鼻腔《びこう》をくすぐる温かなパンの匂いを、目を閉じて胸いっぱいに吸いこんだ。

そしてゆっくりと目を開けて、レジに立っているであろう麦さんを見る。

「蜜柑崎さん！　早まらないでください！」

僕は面食らった。「いらっしゃいませ」、あるいは正月らしく「あけましておめでとうございます」と迎えてくれると思った麦さんが、なぜか目を見開いて駆け寄ってきたから。

「どっ、どうしたの麦さん」

「蜜柑崎さん、初めて会ったときと同じくらい死にそうな顔になっています。就活がうまくいかずにヤケを起こそうとしていませんか？」

いやまあ楽しい気分ではないけれど、そこまで思い詰めているわけでもない。とはいえ僕は顔に出やすいので、表情を読むのが苦手な麦さんが誤解したようだ。

「そのことなんだけど、実は故郷に帰ろうと思ってます。つまり、家業の酒屋を手伝うことにしました」

意外とあっさり言えてしまった。まあ話さなければどうしようもないし。

「ご実家はどちらですか」

麦さんは相変わらずの無表情で、眉ひとつ動かさない。

「ミカンでおなじみ愛媛《えひめ》県です。そういうわけでよかったら」

僕は持ってきたビニール袋をイートインのテーブルに置いた。

「実家から送ってきたミカンのおすそわけです。普通に食べるとすっぱいので、すだちの代わりに使うといいみたいですよ」

「……面白いですね。酒屋さんなのに送ってくるのがミカンだなんて」

麦さんの鼻がひくりと動いた。「謎」を感じ取ったときの癖だ。

でも別に謎なんてなにもない。麦さんは「すっきりしたミカンのビール」の成り立ちを知らないだけだ。それだって謎というほどのものじゃない。

要するに、麦さんは僕が遠くに行ってしまうことに興味がないのだろう。

わかっていたけれど、ぽっかりさびしい気持ちになった。麦さんにとって、僕はあくまで常連客のひとりでしかないのだ。

「もともと、うちはミカン農家だったんです。いまも一応畑はあって――」

僕は親父がミカンを送ってきた経緯を、貧しい幼少時代から話した。

自分のようにはさみしがってくれない麦さんを見て、どうにか気を引きたかったのだと思う。我ながらさもしい。

僕が語る間、麦さんはずっと手の上でフォカッチャに触れていた。

いつもなら寝袋からおしりだけ出して寝ているフォカッチャが、今日はじっと僕の目を見つめている。なにか言いたいのかもしれないけれど、僕は麦さんと違ってハリネズミの表情を読み取れない。

「フォカッチャ！」

すべてを話し終えると、麦さんがぽすっと指を鳴らして言った。

この「フォカッチャ」は「わかった」の意味で使われるほうだろう。それをわかっているのか、ハリネズミのフォカッチャは特に反応していない。

「麦さん。なにがわかったんですか」

「そういうことだったんですね」

指鳴らしが失敗したにもかかわらず、ほっと息を吐く麦さん。

「どうかしましたか？　なんだか安心したように見えますけど」

「どうかしているのは蜜柑崎さんですよ。こんなに簡単な謎もわからないなんて」

「謎？　僕の話に謎なんてありました？」

「まずはそのいかにもな、『今日はお別れを言うので、いつもよりも丁寧な言葉で話そう』的口調をやめてください。むずむずします」

自分ではまったく気づいていなかった。無意識に緊張していたらしい。

「……そっか、ごめん。なにせお別れだからね」

我ながら未練がましい物言いだけれど、やっぱり麦さんが僕をどう思っているのかは気になるのだ。

「初めてお店にきた頃、蜜柑崎さんは丁寧語でした。でもわりと早い段階で砕けた口調になりました。距離感って人それぞれですね」

「はは……自分では全然覚えてないや」

いまだに丁寧語な麦さんとの距離を、僕はどう測ればいいのか。

「初めてふたりで解いたのは、『時計表札の謎』。まあ謎に向きあっていたのはわたしだけで、蜜柑崎さんは答えを知っていて教えてくれませんでしたが」

「教えたら麦さん怒ったじゃない」

でも麦さんの推理を聞くのは楽しかった。僕も一緒に謎解きできたと思う。

「次は『マジ卍の謎』。あとから気づいたんですけど、あのとき蜜柑崎さんは惜しいところまでいっていましたね。『目』を『皿』のようにして、九十度回転させて見ていたわけですから」

そんなこともあった。しかし正解は百八十度の回転が必要だった。あの暗号自体はクイズレベルの代物だったけれど、大事なのは真相ではない。『田』という文字が書かれた理由や、少年たちが暗号を用いたわけ。つまりは多様な人の心を知ることこそが、麦さんにとって重要なことだった。

「ソウくんは、あれから二回ほどお店にきたね」

「律儀な子です。そして次に解いたのは……『ペットボトルの謎』でした」

「あれは……肩すかしだったね」

ニガリから情報提供された、『マンションの屋上に置いてある猫よけペットボトルが少しずつリスケされている。なにかのメッセージでは？』という謎だ。

僕たちはわざわざ高尾山まで遠征したけれど、ふたを開けてみれば、通るのに邪魔だからと猫自身がペットボトルを押して動かしていた。好奇心は猫を転ばせない。

「変わり種では『ラジオの謎』もありました。五分で解決しましたが」

「違う意味で面白かったよね」

朝のイートインの常連である「先生」と呼ばれる中年男性。彼が麦さんにぼやいたのだ。『妻から頼まれたラジオを買ってきたらなぜか怒られた』と。

これはちょっぴり現代的な謎で、先生の奥さんは自宅にあるAIスピーカーに向かって、『買い物リストに粗塩《あらじお》を追加して』としゃべった。

帰宅途中の先生は、スマホのアプリで買い物リストをチェックした。

すると『A Radio』とあったので、ラジオを買ってきたというオチ。

奥さんは海外出張も多い演奏家だそうで、先生は英語の注文を不思議に思わなかったそうだ。先生自身も音大の講師であるらしい。

「ほかにもあれやこれやと謎を解いてきましたね。ふたりで」

「うん。僕は楽しかった。この間のクリスマス、もとい『湯豆腐の謎』も」

「わたしもです。蜜柑崎さんのおかげで推理力もアップしたと思います」

そう思ってもらえたなら、気持ちよく故郷に帰れるというものだ。

「ところで蜜柑崎さんは、宇佐《うさ》ちゃんのことを『筑紫野《つくしの》さん』と呼びますね」

「どうしたの急に。別に普通だと思うけど」

筑紫野宇佐さんは麦さんの幼なじみだ。秋に出会って以来ゆっくり話もしていないけれど、よく坂道で会うので挨拶はする。どうやら家が近所らしい。

「では聞きますが、なぜわたしのことは『高津さん』と呼ばないのでしょうか。わたしが記憶する限り、蜜柑崎さんは一度もそう呼んだことがありません」

「それは……」

なぜだろう。自分でもよくわからない。

「フリーズ！」

僕がまごついていると、麦さんがポリスメン口調で言った。

「やっぱり言わなくてけっこうです。それよりも蜜柑崎さん。これから少々お時間ありますか？」

「え？　別に今日はなんの予定もないけど……」

「でしたら一緒にパンを焼きましょう。どうぞこちらへ」

「なんでまた」

「もちろん、『謎』を解くために決まってるじゃないですか」

ぽかんとしている僕を尻目に、麦さんは奥の厨房へ入っていった。

定休日を除き、ブーランジェリーMUGIには毎日たくさんのパンが並ぶ。

また売り場に置くだけでなく、個人経営のカフェや、介護施設の軽食用にもパンを卸しているらしい。だから普段の厨房はとても忙しく、オーナー夫妻以外にも日替わりで二人の職人さんがいるそうだ。

しかし今日のように、三が日が明けたばかりで法人の注文がない日はヒマだと、オーナーの高津氏、つまりは麦さんのお父さんが言った。

「うん。新人パン職人って感じだ。私の若い頃によく似てる」

僕にコックコートを着せ終えると、高津オーナーはグッと親指を突き立てた。手入れの行き届いた口ひげがダンディで、垂れ目に人のよさが感じられる。

「大丈夫よ蜜柑崎くん。『麦とつきあうならお店を継いでね』……なーんて言ったりしないから。継いでほしいけど」

麦さんのお母さんが、おほほと笑いながら僕を露骨に品定めした。くっきりした目鼻立ちの美人ながら、気っぷのよさも感じさせる。さしずめコックコートを着た小料理屋の女将《おかみ》さんといったところ。

厨房で働いている姿を見かけたことはあるけれど、高津夫妻と話をするのは今日が初めてだった。見たところはうちの親と同じくらいの四十代後半。でもさっき聞いたところでは、ふたりとも還暦が遠くないらしい。

「え、ええとですね、僕は別に麦さんとおつきあいしているわけでは……」

「ね？　言った通りでしょ。蜜柑崎くん、奥手そうだもん」

「とっくにつきあっているように見えたけどなあ」

どうやら高津ご夫妻も、厨房の奥から僕を観察していたらしい。

僕は麦さん早く帰ってきてと、更衣室のドアに視線を送る。あなたの両親はフレンドリーすぎて、余計なことまでしゃべってしまいそうです。

「いかんよ蜜柑崎くん。私なんて、出会ったその日に妻を口説いたよ。あれはまだ修業時代の頃だった」

「この人、地元は川沙希《かわさき》だけど海外含めてあちこちで修業しててね。あたしがいた札《さっ》幌《ぽろ》でも下積みしてたのよ」

高津夫妻はちゃきちゃきと楽しげに話す。うちの両親も不仲ではないけれど、ここまで仲むつまじくはない。若く見えるのはその辺りが理由だろうか。

「蜜柑崎くん、リラーックス。未来の義父を相手に緊張しなくていい」

「いやですから、僕はまだ麦さんとおつきあいすら……」

「『まだ』？　それなら外堀を埋めるチャンスじゃない。いまのうちあたしたちと仲よくなっておけば、麦も断れなくなるわよ」

麦さんとは真逆で、ご両親は僕みたいな馬の骨を相手に気さくがすぎる。

でも、おかげで少し気が楽になった。故郷に帰ることはもう麦さんに伝えたのだから、いまはこの時間を楽しむべきだろう。

「お待たせしました」

着替えをすませて麦さんが戻ってきた。三角巾にエプロンという販売スタイルもかわいいけれど、コックコートも実に似あう。

「麦さんかっこいいね。未来のオーナーって感じだよ」

「わたしもそう思います」

屈託のなさすぎる答えに高津夫妻が笑う。親子の仲もよさそうだ。

「こうして同じかっこうをすると、麦さんはお母さん似だってわかるね」

目の形や顔の輪郭、なにより凛とした立ち姿がそっくりだ。麦さんが歳《とし》を取ったらこうなるのかなと想像したら、胸にチクリと痛みが走った。

「……よく言われます」

「やだわぁ蜜柑崎くん。あたしのことは『月子《つきこ》』って名前で呼んで」

それはごく普通の会話だった。

なのに一瞬、ピンと空気が張り詰めたような気がする。

「で、これが蜜柑崎くんの実家で作っているというミカンだね」

高津オーナーがミカンを手に取る。

「あっ、そのまま食べるとすっぱいですよ！」

しかしときすでに遅く、オーナーは「すっぱ！」と盛大に顔をしかめた。

それを見て月子さんはけらけら笑ったし、麦さんは真顔だけれど肩の力は抜けていた。さっきの緊張した雰囲気は、どうも僕の勘違いらしい。

「いやあ確かにすっぱいけど、香りが強くてぬけがいい。これはマーマレードやジャムじゃなくて、コンフィチュールにするといいね」

「こんふぃちゅーる、ですか？」

耳慣れない言葉に首をかしげる。

「果肉を砂糖で煮詰めて、ペクチンの作用でどろっとさせたものがジャム。ジャムを柑橘類《かんきつるい》の皮で作ればマーマレード。まず果汁だけで煮て、あとから果実を加えたものがコンフィチュールだよ。最近はあまり区別しないけどね」

ほうほう。

「コンフィチュールはさらっとしていてフレッシュな感じなので、甘すぎるのが苦手な蜜柑崎さんには向いていると思います」

なるほど。高津親子の説明でひとまずコンフィチュールのことはわかった。

わからないのは、僕がそんな説明を聞かされているいまの状況だ。

「ところで麦さん。僕はなぜパンを焼くことになったの？」

「言ったじゃないですか。『謎』を解くためです」

僕にはその「謎」が、なにを指しているのかさっぱりわからない。

そもそも僕は麦さんにお別れを言いにきたわけで、こういう展開は予想していなかった。最後の思い出作りをしてくれるのなら喜んで従うけれど、麦さんには別の思惑がありそうだ。

「それじゃあ蜜柑崎くんには、生地をこねてもらおうかな」

オーナーがボウルを手に取り、ぱさぱさと粉を入れ始めた。そこに水やら別の粉が加えられ、僕のところへまさしくお鉢が回ってくる。

「まずは粉気《こなけ》がなくなるまで混ぜてみよう。その後はたたきつけたり揉《も》んだり引っ張ったりして、まとめるイメージでひたすらこねる」

言われるままにやってみる。生地は想像したよりねばねばで、塊になると思ったよりも軽かった。こね台もダイニングテーブルくらいのスペースがあるので、かなり作業がしやすい。これは楽勝では？

「だんだん……しんどく……なって……きた……」

人は腕を上げるだけでも微妙に疲れるのに、それを振り下ろしたり体重をかける動作まで必要なのだから、とたんに息が上がってしまう。普段から運動していない僕には、あまりに過酷な労働だ。

「蜜柑崎さん、がんばってください。こね不足のパンはパサパサになっておいしくないで……そぉい！」

麦さんも横でパン生地をこねているので、へこたれるわけにはいかない。

根性でこねくり回していくうちに、とろのようにべたついていた生地が、大福みたいにみょいんとなった。そこへオーナーがバターを加える。僕がまたこねる。

「蜜柑崎さん、楽しそうですね」

「うん。子どもの頃に泥団子を作った記憶がよみがえってきたよ」

というか麦さんとパンを作っているのだから、楽しくないわけがない。

「そろそろ選手交代ね」

パン生地がなめらかになった頃に、月子さんがやってきた。

ここからは時間をかけてパンを発酵させるため、その間に僕たちはコンフィチュールを作るらしい。お店のパンにトッピングする具材の調理は、月子さんが担当しているそうだ。

「まずはミカンの皮をむいてね。今回はスジや袋は取らなくていいわよ」

おおせのままに作業する。考えてみればミカンに触れるのも久しぶりだ。

「蜜柑崎くん、いつもきてくれてありがとうね」

「とんでもないです。こちらこそ、いつもおいしいパンをありがとうございます」

「そうじゃなくって、麦に会いにきてくれることよ」

世間話からのド直球に、僕は飲んでもいないカフェオレをふきだしかけた。隣に麦さんもいるのに攻めすぎだこの人。

「この子、ちょっととっつきにくいところがあるでしょう。家ではちゃんと笑うんだけど、外だとどうにも無愛想でね。だから幼なじみの宇佐ちゃんくらいしか、友だちもいなかったのよ」

僕が自意識過剰だったらしい。月子さんは「友だちとして」、麦さんに会いにきているることを感謝してくれたようだ。

さておき麦さんが笑わない事情は、まさに筑紫野宇佐さんから聞いていた。

麦さんが人前で笑わないのは、人から興味を持たれたくないからだ。興味を持って接してこられると、自分も相手に関心を抱いてしまう。

それのなにが悪いかと言えば、うっかり相手を傷つけてしまう可能性があるということだ。自分と同じ人間はいない。まさかと思う言葉で傷つく人もいる。

麦さんがそう考えるに至った理由は、少し切ない。

「その宇佐ちゃんとも、ささいな思い違いでケンカしちゃってね。あのときは大変だったわ。麦は泣きすぎて、息もできなくなっちゃったのよ」

月子さんが目を細めて語るケンカの原因も、僕は知っている。

筑紫野さんの両親は離婚している。筑紫野さんがまだ小学生の頃の話だ。

原因は母親の不倫だったため、筑紫野さんはクラスメートに「そういう親の娘」と見なされて、とりわけ女子からは距離を置かれたらしい。

けれど麦さんだけは、その優しさからか、あるいは筑紫野さんいわく『単に空気が読めないから』か、クラスの中でもそれまでと変わらずに接してくれたそうだ。

言葉のチョイスは身もふたもないけれど、筑紫野さんが麦さんに感謝していることは僕にも伝わった。大人になったいまも、ふたりはちゃんと仲がいい。

話を戻して、麦さん大号泣事件が起こったのは、それから少しして筑紫野さんのお父さんが再婚した頃だ。

再婚同士という一筋縄ではいかない家庭環境。そこで一問着《ひともんちゃく》どころか七問着《もんちゃく》ほどあったけれど、最終的に筑紫野家はとても仲のよいファミリーになったという。

中学に進学したことで人間関係もリセットされ、新しい友人もできた。筑紫野さんは毎日が楽しかった。もちろん麦さんとの友情も続いている。

しかし筑紫野さんには、どうしても気になることがあった。

一緒に下校しながら話すとき、麦さんはこんな調子でしゃべったらしい。

『昨日お母さんがパンの耳でラスクを作ってくれて、すごくおいしかったんだ。宇佐ちゃんの新しいお母さんは、おやつを作ってくれる？』

最初のうちは聞き流していた。しかし麦さんがいつまでたっても『お母さん』に『新しい』をつけるので、筑紫野さんはいらだった。

もう家族としてうまくいっているんだから、『新しい』と強調するのはやめてほしい。あるとき麦さんにそう告げた。するとこう返ってきた。

『でも宇佐ちゃんの前のお母さんと、いまのお母さんは、違う人だから』

麦さんは麦さんで、実の母親のせいで筑紫野さんが嫌な目に遭ったことに配慮したつもりだった。『新しい』をつけないと、筑紫野さんがつらかった時期を思いだしてしまうと気づかっていた。

しかしふたりは多感な中学生であり、デリカシーというさじ加減の問題に感情を抜いては対処できない。筑紫野さんは麦さんを、けちょんけちょんに罵った。

「子どものケンカに親が口を出すのはどうかと思うけどね。でも放っておいたら麦が泣きすぎて死んじゃいそうだったから、一緒に家まで謝りに行ったわ。宇佐ちゃんも泣きながら許してくれて、いまでもふたりは仲よしよ」

月子さんが語る横で、麦さんはまるで他人事のようにミカンの皮をむいている。

普通なら恥ずかしがったりしそうなものだけれど、僕が聞いていることを嫌がる素振りもない。開き直っているというより、「受け入れている」感じだ。

さて。ここまで月子さんが話してくれたことは、筑紫野さんの言葉を借りれば彼女の『黒歴史』であるらしい。いくら中学生だったとはいえ、感情的に怒ったことを筑紫野さんはひどく後悔していた。

ふたりの仲は元通りになっている。しかしそれ以降の麦さんが、前述のように人との関わりを避けるようになってしまったからだ。

『麦ちゃんは、自分にとって大切な人を傷つけるのがなにより怖いんです。わたしを傷つけてしまった自分が許せないんですよ』

親友の筑紫野さんを傷つけたことが、麦さんのトラウマになっている。

そのことが、筑紫野さんはとても悲しい。

だから筑紫野さんは麦さんを気にかけていた。ペットを飼うように勧めたり、寄ってくる悪い虫は松ぼっくりで撃退した。いや後半は冗談だと思うけれど。

「話している間に全部むけたわね。今回は時短レシピでやるわよ。まずはミキサーにかけてジュースにします。形が残らないくらいがっつりいっちゃって」

ミカンを適度な大きさに切り、ミキサーの中に押しこむ。

「できたらお鍋に移して火にかけるわよ。ここで砂糖どさっ。レモン汁を少々。あとは無心になってひたすらかき混ぜる。あたしはビンを煮沸してくるから、残りの作業はふたりでやっておいてね」

月子さんから木べらを受け取り、僕は鍋と向きあった。

中火にかけられたミカンの果汁を混ぜる。混ぜる。混ぜる――。

さすがに無心ではいられず、隣で鍋を見つめる麦さんのことを考えた。

去年の秋、筑紫野さんは自分の黒歴史こそが、麦さんを『謎解きたガール』に変えたと教えてくれた。

けれどその話でわかったのは、麦さんが人の心に踏みこむのをためらう理由だ。麦さんが謎を解きたがる意味はいまもわからない。

麦さんは心に大きな謎を抱えている。きっと抱えているのがつらい秘密だ。

それに気づいたとき、僕は麦さんの謎を解く手伝いをしたいと思った。

なのに結局は、その秘密を知ることすらなく故郷に帰ってしまう。

そもそも最初に麦さんに興味を持った理由――電車の中での出来事――だって、僕はいまだに解明していない。

僕が麦さんに気持ちを告げようとしなかったのは、故郷に帰るからでも、フラれるのが怖かったからでもないと思う。

僕自身が、まだ「謎」に対する答えを見つけていないからだ。

「もしかして、お誘いしてご迷惑でしたか？」

麦さんが言った。真顔で鍋を見つめたままで。

「全然そんなことないよ。ご両親はすごくいい人だし、パンを作ったりジャム……じゃなくてコンフィチュールを作るのも、初めてだから楽しいし」

「そうですか。なんだか怒っているように見えたので」

「それはふがいない自分に対して……いや、なんでもない。忘れて」

ごまかしながらふと思う。出会った頃に比べると、麦さんは僕の表情から感情を正しく読み取れるようになった。

季節をまたいで、時間を重ねて、僕と違って麦さんは成長したのかもしれない。

「蜜柑崎さんは、どんなご職業に就きたかったのですか？」

僕が『ふがいない』と言った理由を、麦さんは就職がうまくいかなかったことと解釈したようだ。

「僕は職業に就きたいっていうより、入りたい会社があったんだ。ものすごく小さなおもちゃメーカーで、もう採用自体してないんだけどね」

家が貧しくゲーム機も買ってもらえなかった僕は、子どもの頃にもらったおもちゃでずっと遊んでいた。

あるとき、僕はミニカーのハシゴ車で空想の火災現場に急行していた。しかしちょっと乱暴な運転をすると、ハシゴの部分がすぐに取れてしまう。

まあ高級なおもちゃじゃないからしかたないと割り切って、またパチンとはめて遊ぶ。また取れる。むきーとなってまたはめ直す。

そこでふと気づいた。このミニカーのハシゴって、もしかしたらわざと壊れやすく作ってあるんじゃないかと。

接着ないしはビス留めすれば、ハシゴが取れることはない。しかし子どもがおもちゃを丁寧に扱うことなんてないので、いつかぽきりと折れてしまうだろう。そうなったらもう元に戻せない。

ミニカーを裏返してメーカー名を確認すると、「有限会社体四計《たいよんけい》」とあった。いまでは株式になっているけれど、当時もいまも本当に小さな会社だ。

ちなみに「体四計」は正確には「ていよんけい」、つまり「T4K」と読む。社名は「TOY　FOR　KIDS」を略して、体温計をもじったものらしい。

体四計社はその子どもじみた名前の通り、「子どものためのおもちゃ」を、「子どもの目線」で作っている会社だ。

僕は長くおもちゃで遊んできたから、おもちゃにも、そして長く遊べる工夫をしてくれた体四計という会社にも、いつか恩返しをしたいと思っていた。

それはいつしか僕の夢となり、体四計でおもちゃ作りに関わることが、卒業後の進路という目標にもなった。

けれど、その夢は一年前に絶たれてしまった。

「なるほど。おもちゃ愛こそが、蜜柑崎さんの謎解き好きの原点なわけですね」

「謎解き……はどうかな。でも誰かに教わったんじゃなくて、ハシゴが取れやすい理由に自分で気づけたときは興奮したよ」

思えば僕も、麦さんに出会う前から「時計表札の謎」をぼんやり考えるのが好きだった。一応は麦さんの助手になる素質があったのかもしれない。

「蜜柑崎さんのおもちゃ愛を、お父さまはご存じですか？」

「知ってるんじゃないかな。初めて一緒に酒を飲んだときに話したから」

二十歳の誕生日に、親父と「すっきりしたミカンのビール」で乾杯をしたのだ。まあ僕がしゃべるばかりで、無口な親父はずっと聞き役だったけれど。

「やっぱり……そうなんですね」

「やっぱり？」

「そろそろ火を止めましょう。あとは粗熱を取ってから、ビンに入れてしばし放置します。本来は果実をあとから追加したりするんですが、今回は時短レシピですぐに食べようというコンセプトですので」

よくわからないので「はあ」と曖昧にうなずいていると、月子さんがふたつきのビンをいくつか持ってきた。

　しばらく世間話をして、頃あいを見てビンに移す。パン生地の発酵が終わったらしい。

　すると今度はオーナーが呼びにきた。

「おお、すんごい膨らんでる」

　ボウルの中で存在感を増したパン生地は、僕がこねくり回していたときのおよそ二倍になっていた。

「それじゃあ蜜柑崎くん。この生地をスケッパーで切り分けて、たたいてガスを抜いてみよう。その後は十五分ほどのベンチタイム……パンの休憩だね。それから型にオイルを塗って、また成形して発酵させて――」

「発酵って……また一時間くらい待つんですか？」

「パンをおいしくするには時間がかかる。でも時間がかかってもおいしいパンを食べたい、食べさせたいって人が、私みたいなパン職人になるのさ」

　オーナーはまるで決めぜりふを言ったみたいに、ドヤッと胸を張った。

「大変なんですね。パンを焼くのって」

　その「焼く」という工程すらもずいぶん先らしい。日頃からパンに感謝はしているけれど、今後はよりいっそうの敬意を持って接しようと誓った。

「まあ蜜柑崎くんはお客さんだから、別にパンを焼くことの苦労なんて知らなくていいんだよ。将来うちの跡を継いでくれるわけでもないしねぇ？」

言ってオーナーがチラチラとこっちを見る。僕は「ははは」とごまかした。

「しかしそうなると、不思議なんだよね」

「不思議？　なにがですか」

高津オーナーが僕の耳元に顔を寄せる。

「彼氏でもない。パン屋になりたいわけでもない。じゃあなんで、麦はきみを厨房に連れてきたのかって話だよ」

それは麦さんいわく「謎を解くため」だけれど、いまのところその「謎」自体が見つかっていない。僕が見逃しているのだろうか。

「そこで私は推理した。パン職人《ベイカー》だけにベーカー街の探偵よろしくね」

「はあ……」

「私が思うに、麦のほうが蜜柑崎くんに特別な感情を持っているんじゃないかな」

「本当ですかホームズさん！」

「……気のない相づちからの手のひら返し。蜜柑崎くんのそういうところ嫌いじゃないよ」

「それはいいのでもっと詳しく」

僕は小声でオーナーに詰め寄った。

「まあ推理ってほどじゃないけどね。おそらくパンを焼くのは建前で、本当は我々に蜜柑崎くんを紹介したかったんじゃないかな。その理由は——」

僕はごくりとつばを飲んだ。これはおつきあいを通り越して、一気に婚約とかそういう話なんじゃと心臓が小躍りする。

だって丼谷と同じになるのだ。たとえ遠く離れていても、そこに約束があればふたりの絆《きずな》は揺らがない。

「——職業体験だろうね」

「は？」

「いま風に言うと『インターン』だっけ？　宇佐ちゃんに聞いたけど、きみこの時期でまだ就職が決まってないんだろう？」

あの松ぼっくり娘め。

「だからここで体験的に働かせてみて、悪くないようだったらそのまま就職してもらえればって思ったんじゃないかな。この春で職人がひとり辞めるから、募集も考えていたしね」

なに言ってんだこのヒゲ親父と思ったけれど、ありえなくもない。

僕が実家に帰ると伝えても、麦さんはノーリアクションだった。

それはいつものこととも言えるけれど、最初から僕に職を斡旋《あっせん》する意思があったのならば、「なんだそんなことか」という反応に見えて当然だ。

「なるほど。ですが僕はパン職人になるつもりは……」

「じゃあ娘だけさらっていくつもりかい？　そうは蜜柑崎！　……なんちゃって」

オーナーは自分で言ってくふふ笑った。

麦さんのダジャレ好きと推理好きは、お父さん譲りだと断言しよう。

3

ベンチの上に、湯気の立つ紙コップが置かれた。

そろそろ本格的に仕事をするという高津夫妻に遠慮して、僕と麦さんは昨年の秋にふたりで張りこんだ公園にきている。

澄み渡る空には太陽が輝き、正月とは思えないほどに暖かった。隅のほうでは子どもたちが、凧《たこ》の代わりにトイドローンを飛ばしている。

「気持ちのいい日だね。フォカッチャが眠くなるのも……あれ、起きてる」

麦さんが膝に抱えた寝袋の中で、フォカッチャはいつもみたいにおしりではなく顔を出していた。つぶらな黒目がくるくる動いている。

「初めての遠出なんで興味があるんだと思います。この暖かさなら砂遊びするかと思ったんですが、ハリネズミにはまだ寒かったかもしれません」

ハリネズミは温度に敏感で、寒すぎると冬眠するし、暑すぎると夏眠する。その辺りは種や個体によるけれど、とにかく寒さには弱いらしい。

だから基本的に室内で飼うものらしいけれど、麦さんは最近のフォカッチャが外に出たがっていると感じたそうだ。

「でもこの調子だと、春には外で遊べそうだね」

フォカッチャは「出たい。でも無理」といった感じで、寝袋から頭を出したり引っこめたりしている。好奇心は存分にあるけれど、まだ携帯ヒーターでぽかぽかの寝袋から出るまではいかないようだ。

「ところで麦さん。僕の『謎』ってなんだったの？」

「まずは食べましょう」

麦さんがクロワッサンみたいな三日月形のリュックから、スライスされた食パンとコンフィチュールのビンを取りだした。

「いま思いだしたんだけど、お店では食パンに『角食《かくしょく》』って札がついてるね。普通の食パンとは違うものなの？」

「北海道《ほっかいどう》ではこうした四角形の食パンを『角食』、イギリスパンのような山型のものを『山食《やましょく》』と呼ぶんです。カフェオレとカフェラテ、ジャムとコンフィチュールの違いみたいなものですね」

厳密には違うものだけど、同じという認識でも問題ない……ってことかな。

そういえば、高津夫妻はふたりとも北海道にゆかりがあった。小麦の一大産地でもあるので、麦さんの名前もその辺りが由来かもしれない。

「コンフィチュールと言えば、できあがりを試食したお父さんが言ってたね。『このミカンはコンフィチュールに向いてるよ』って。僕は焼きたてを食べさせてもらえなかったから、よくわからないけど」

「角食の食べ頃は焼成して三時間くらいなんです。せっかく蜜柑崎さんが苦労して作ったので、父はおいしく食べてほしかったんでしょう。そしていまがまさに食べ頃です。どうぞ」

そういうものかと、受け取ったパンを見る。

いつの間にか耳が削《そ》がれた角食の表面には、オレンジ色のコンフィチュールがまんべんなく塗られていた。マーマレードのように皮も入っていないし、ジャムほどドロッともしていない。ミカンのソースみたいな感じだ。

「まあ親父のミカンだから味の想像はつくけど……いただきます」

たぶんすっぱいだろうなと、身構えながらかぶりつく。

「……まいです」

自分で言って驚いた。いやでも本当にうまい。

酸味はある。おおいにある。あれだけ砂糖を投入してもなおあまりある。けれどその酸味が単なる「すっぱい」ではなく、「すっきり」なのだ。とても親父のミカンだとは思えない。

「おいしい。これは春夏に食べたい味ですね」

麦さんも無表情ながら目を丸くしている。

「うん。今日みたいに暖かい日に食べると、パンなのに清涼感すら覚えるよ」

もちろんパンもすごい。全体にミカンの果汁と香りを染み渡らせながらも、べちゃっとせずに、ふっくらした食感と香ばしさを主張している。とても僕が作ったパンだとは思えない。

「変な言いかたですけど、香りがおいしいです。クレープシュゼットのひとくち目の感動がずっと続くというか、ゆず湯に浸《つ》かって深呼吸というか……蜜柑崎さんのお父さまはすごいですね」

おやと思った。いま麦さんが口にした言葉を、僕はどこかで聞いたことがある。

それもけっこうな頻度でだ。もちろん、クレープなんとかなんておしゃれっぽい単語のことじゃなくて。

「み、蜜柑崎さん。囲まれています」

麦さんが真顔で声を震わせた。なにごとかと辺りを見ると、ドローンを飛ばしていた子どもたちが周囲に群がっている。ついでにハトも一羽《いちわ》いた。

「……このサンドイッチ、いい匂いするもんね。麦さんさえよかったら、食べさせてあげたら？」

「ですが、知らない人から食べものをもらっていいと思われては困ります」

そこで少年のひとりが口を開く。

「ぼくたちだって、もらっていい人と悪い人の区別くらいつくよ。おねえちゃん、坂の上のパン屋さんの人でしょ？　だから安心してきたんだよ」

麦さんは地元で働いているのだから、顔を知られてもいるだろう。しゃべったことはなくても、子どもたちにとっては「知っている人」の範疇《はんちゅう》だ。

しかし麦さんは躊躇《ちゅうちょ》している。そういう性格なのだからしかたがない。これは僕が背中を押してあげるべきか——と思ったら。

「……そっか。あそこのパン屋さんはケチなんだね。だから『スマイル』もないんでしょ？　動画のネタにしよ」

少年が言うと、周りの子どもたちが一斉に笑った。脅迫するつもりはないのだろうけれど、その交渉は大人に効く。

麦さんは少年たちに屈したが、「おもちゃといえど、人のいるところでドローンを飛ばさないように」と釘を刺すのも忘れなかった。しかし腑に落ちないのか、「誠に遺憾です」と、ハトにパンくずを施しながら悔しがっている。

「まあまあ。麦さんはあの子たちが親御さんにしかられないよう配慮したんだろうけど、察するばかりが正解じゃないよ。ほら、みんなあんなに喜んでる」

少年たちは「うめぇ！」を連呼しながら、公園を走り回ってはしゃいでいた。

「『察するばかりが正解じゃない』……」

「いや、そんなに『深い……』ってトーンで言われても困るけど」

「いえ、深いです。おかげでわたしは決意しました」

麦さんの真顔が、いつもよりもいっそう凜々《りり》しくなる。

「わたしは今日、察したんです。蜜柑崎さんのお父さまのお気持ちを」

「僕の親父の？　それって朝から言ってる『謎』のこと？」

「そうです。それを蜜柑崎さんに伝えるのはよいことだと思いました。だからお時間を拝借したんです。でも両親の話を聞いているうちに、それはわたしのエゴかもしれないと気づきました」

話が見えない。でも麦さんはさっきも、『まずは食べましょう』と謎に関する話題をはぐらかしている。最初は謎を解くつもりでいたけれど、途中で心変わりした。そういうことだろうか。

「ごめん麦さん。『それ』が多くてあんまりピンとこないというか……」

「では謎を解きましょう。題して『ミカンの謎』です」

「『ミカンの謎』？……ああ、親父がいまさらミカンを送ってきたこと？　それはたぶん、僕に『あきらめろ』って言いたかったんだよ」

散々すっぱいミカンを作った親父も、いまはビールを醸造している。言葉で語らない親父なりのメッセージだ。

「わたしは逆だと思います。つまり『夢をあきらめるな』です」

こればかりは違うと思うけれど、そう思う根拠には興味があった。

「とりあえず、麦さんの推理を聞きたいな」

「推理ではないので、順序立てては説明できません。わかってほしいのは、蜜柑崎さんのお父さまは、夢をあきらめていないということです」

「え？　親父はまたすっぱいミカンの専業に戻るってこと？」

「そうじゃありません。お父さまは最初から、加工して最大限においしくなるミカンを作りたかったんです。蜜柑崎さんはコンフィチュールを食べて気づきませんでしたか。普通にミカンを食べるよりもミカンの風味があると」

「それは……そうだね。ミカンの風味が凝縮されているというか、食べている間ずっとさわやかな――」

　思いだした。すっぱいミカンばかり作っていた親父は、同業者たちによく笑われていた。しかしビールを造り始めると、彼らは手のひらを返して親父のビールをほめたのだ。『ひとくち目のうまさがずっと続く』と。

　さっき麦さんが言ったクレープなんちゃらという感想もそうだし、先日イエモンが言った『何本でも飲めるＣ』も同じ意味だ。親父のミカンは加工することで、いっそううまくなると、みんなが証言してくれている。

「うちの父も試食して仰天していましたね。『こんなに加工に適したミカンの品種を私は知らない！』って」

「いやもうちょっとふんわりした物言いだったけど」

「つまり蜜柑崎さんのお父さまは、あきらめずに夢を実現させたということです」

「親父は最初からミカンのビールを作りたかった……ってこと？」

麦さんがうなずいた。

ちょっと強引な気もするけれど、少なくともそんな風に考えたことはなかった。親父は言葉で語らない。僕には背中しか見せてくれない。

「うちの両親は、わたしに店を継いでくれと言ったことはありません。日頃はパンだってまともに作らせてくれません」

「言ってたね。麦さんはパンが大好きなのに」

「でもわたしが継ぐと宣言していることを、両親は『しょうがないなあ』と渋々の体を装いながら陰で喜んでいます」

困り顔で笑う高津夫妻が頭に浮かんだ。

「わかるよ。継いでくれたらうれしいくせに、継いでくれとは絶対に言えない。ふたりとも経営者である前に親だから、娘を家業で縛りたくないんだろうね」

それだけ麦さんを愛しているということだろう。思わず目頭が熱くなった。

「同じです。蜜柑崎さんのお父さまも」

「うちの親父も？」

「以前うかがったお話で、お父さまの人柄がよくわかりました。子どもにゲーム機を買ってあげられなくて、悔しさに泣いてしまうお父さまです。小さな頃に苦労をかけて申し訳ないと思ったからこそ、いまはバイトなんてするなと蜜柑崎さんに仕送りをしているんじゃないでしょうか」

言葉が出てこない。僕自身、そうかもしれないと感じたことはあった。

けれどそれは推測でしかない。結果として親父はビールを作っている。おかげで僕たちの暮らしは豊かになった。過程を知ったところで結果は変わらない。だから知る意味なんてない。どうせ教えてくれないし――そう思っていた。

「おまけに蜜柑崎さんのお名前は捨吉さんですよ？　こんなに息子を愛しているお父さまが、夢をあきらめて故郷に帰ってこいなんて言うわけがありません……」

麦さんがほろほろと涙を流していた。

「な、なんで麦さんが泣いてるの？」

「蜜柑崎さんだって、うるっときてるじゃないですか」

「僕のは、麦さんのご両親に感情移入してのもらい泣きというか……」

「わたしだってもらい泣きですよ」

自分が親にどれだけ愛されているかなんて知りようがない。そもそも考えてみたことすらない。たぶんそれに気づくのは、自分が親になったときだろう。

だから僕たちは、お互いの話にほろりときたにすぎない。自分の話を他人事として聞き、涙が流れるツボを押されただけだ……たぶん。

「ありがとね、麦さん。実際のところはどうかわからないけれど、麦さんが僕のことをそこまで考えてくれてうれしかったよ」

「『察するばかりが正解じゃない』です。ちゃんと確かめてください」

「そうだね。今度電話したら母親に聞いてみる」

「今度じゃ遅いんです！　あとでもだめです！　いますぐ帰省してください！」

「いやそんなに焦らなくても……どうしたの麦さん」

「いまから向かえば、十四時発の松山《まつやま》空港行きに間にあいます！」

スマホを掲げてまくし立てられた。今日の麦さんはちょっとおかしい。笑わないのはいつも通りだけれど、泣いたり怒ったりひどく感情的だ。

だからその剣幕に気圧されて、僕が首を縦に振ったのはしょうがないだろう。

「じゃ、じゃあ、ちょっと実家に帰ってきます」

パンとコンフィチュールをお土産に持たされ、麦さんに別れを告げる。

「はい。帰ってきたら、きっと忙しくなると思います」

「いや僕は忙しくないと思うけど……あ、麦さんが忙しいの？」

「蜜柑崎さんですよ。ですからヒマになってからお店にきてください。結果の報告も聞きたいですし、わたしもお話ししたいことがあります」

麦さんが話したいこととはなんだろう。僕はなぜ忙しくなるんだろうか。

疑問はいくつもあるけれど、いまの僕に言えることはひとつだ。

「ええと、僕たちはお互いスマホを持っているので、結果報告はすぐにします」

「……そうですね。そうしてください」

耳を赤くした麦さんと、じっとハトを見つめているフォカッチャに手を振り、僕は望口をあとにした。

4

スーツを着たのは半年ぶりで、麦さんに会うのは一週間ぶりだった。

「思ったより早かったですね」

イートイン席にカフェオレをふたつ置いて、麦さんが僕の正面に座る。

時間はいつものおやつどき。正月休みは明けていたけれど、住宅街にあるブーランジェリーMUGIにお客さんがこない時間だ。

「母親にも同じ意味のセリフを言われたよ」

近いうち帰ってこいと言った息子が、三日後にパンだけ抱えて現れた。そりゃあお母ちゃんも、「気まますぎやが！　ウチなんも用意しとらんよ！」と、あきれて笑うしかなかっただろう。

「ラインでも報告したけど、早く麦さんに会ってお礼を言いたかったんだ。今日は夕方まで時間があるから」

「これから面接ですか？」

「あ、うん。面接っていうか、休み明けの社員さんと顔あわせっていうか、半分は飲み会だね。一応採用ってことになってるみたい」

「よかったですね。就職おめでとうございます」

「ありがとう。就職と言っても、待遇はアルバイトだけどね」

僕はカフェオレに口をつけて、ほっと息を吐いた。本日のカフェオレアートは僕の就職祝いであるのか、フォカッチャがくす玉を引いている。

麦さんもカフェオレをひとくち飲んで、聞こえるくらいに「ほっ」とした。少しは心配してくれていた……のかは定かでないけれど、まずはお礼を言おう。

「全部、麦さんのおかげです。本当にありがとうございました」

僕は椅子から立ち上がって深々と頭を下げた。

「やめてください。わたしは自分のわがままを言っただけです。それに、ここまでうまくいくとは思ってませんでした。ねえフォカッチャ？」

麦さんがテーブルの上のフォカッチャに話しかける。今日のフォカッチャは昼寝もせず、あちこち歩き回ってスーツ姿の僕を見上げていた。鼻をふんふん鳴らしているので、「馬子にも衣装」と笑われている気分だ。

「本当だよね。まさか体四計に入れるなんて。まあそれは置いといて、実家に帰って話して初めて、ビールのためのミカン作りが親父の夢だったって知った。これは麦さんのおかげです」

あのミカンの意味は、麦さんの言った通りに「夢をあきらめるな」だった。金がなければなんとかする。住むところがなければ帰ってこい。でも自分の跡を継ぐ必要はないと、親父はミカンで言いたかったらしい。

そんなことわかるかと文句を言うと、向こうは向こうで、僕がとっくに親父の夢を知っていると思っていたようだ。無口な自分を棚に上げて。

「前に麦さんが言ってたよね。物語の結末は決まっていても、そこに至る経過を知ることで意味が変わってしまうって。まさにあの通りだったよ」

親父は夢を追うことで僕に苦労をさせたと、申し訳なく思っているらしい。けれど後悔はしていないので、これから罪滅ぼしをしたいのだと詫《わ》びた。

僕はと言えば、貧しい幼少時代に文句はそれほどない。体四計社に入りたいという夢が持てたし、いまだって大学に通わせてもらえただけで感謝している。だから罪滅ぼしなんて滅相もないと返した。

「親父は僕に恨まれていると誤解していたし、僕は親父が子どものために夢をあきらめたと勘違いしてた。とどのつまり、ちゃんとしゃべれって話だよね。家族は他人じゃないけど自分でもないんだから。それで早速ビールを酌み交わしたら、『就職はどうするんだ』って聞かれてね」

僕は就職に対して紆余《うよ》も曲折もしていない。

かつて丼谷が言ったように、道に迷ってすらいない。

これまでずっと、ゴールを身近に感じていたからだ。

僕は体四計社に恩返しをするために、大人になったと言ってもいい。だから十余年の「当たり前」をなくしたとき、途方に暮れるしかなかった。

「ありのままに思っていることを打ち明けたら、親父が『恩送り』って言葉を教えてくれたんだ。珍しく饒舌《じょうぜつ》になって」

まだ親父が醸造を始める前で貧しかった頃、隣家の住人にずいぶんよくしてもらった。僕の着るものやおもちゃだけでなく、畑で採れた野菜や果物、ときには灯油までわけてもらったそうだ。

親父はいつか恩返しをしたいと考えていたけれど、ようやく商売が軌道に乗ったところで相手が亡くなってしまった。僕が高校生の頃だ。

「返す相手がいないときは、自分が受けた恩を別の人に送る。それってよくある美談みたいだけれど、実際に自分が一番苦しいときに受けた恩のありがたみは、返すか送るかしないとつらいんだってさ」

ただまあ、人に恩を施す機会なんてそうそう訪れない。親父にできるのは夢を持った人を積極的に援助するくらいで、いまはそういうことを積み重ねていくしかないと考えているようだ。

「夢を持った人……では蜜柑崎さんにも恩を返したいと考えているんですね」

「変だよね。息子に恩なんて」

「会社に恩返しも変わっていると思います」

「うん。恩を返す相手がいないという意味では、僕も親父も同じなんだよね。だから僕も、恩を『送る』ことにしたんだ」

会社に入ることが恩を返すことだと思っていたけれど、作ったおもちゃの行き着く先は子どもだ。僕が恩を送るとすれば、相手は子どもたちしかいない。

「僕はゴールを失ったんじゃなくて、ゴールの先で待っている昔の自分みたいな子どもたちが見えてなかったんだ。そう気づいたときに、初めてみんなと同じスタートラインに立てた気がしたよ」

「それでおもちゃ会社へ就活をすることにしたって、ラインで言ってましたね」

「うん。母親が背中をたたいてくれて」

「『押してくれた』、ではなくですか」

「『やる気スイッチ』は、背中についてるんだって」

親父は無口なのでわからなかったけれど、実はかなり落ちこみやすい気質だったらしい。それで母はいつも背中をバチンとたたいて、はげましていたそうだ。

元旦の電話で、親父は僕に苦労をかけたと謝ろうとしていた。けれど結局言えなかったので母にバチンとやられた、ということのようだ。

「ただもう一月だからね。自分で押せないスイッチをオンにしてもらっても、正攻法じゃどうしようもない。だからこっちに帰ってきて、友だちに頭を下げて作戦会議をしたんだ」

就活をすることにした経緯を語ると、「め組」は協力を承諾してくれた。僕は本当に友人に恵まれている。キラキラした青春を棒に振ったかいがあった。

就活プロのニガリを中心に会議は進む。けれどこの時期に人を募集している企業はほとんどなく、こうなったら当たって砕けようと意見が一致した。

「ネットで会社案内を見たり電話帳を調べたりして、人海戦術で採用情報を問いあわせる。そう決めた矢先に、友だちのひとりが僕に携帯をよこしたんだ。『通す筋である』って」

丼谷から受け取って出てみると、相手は体四計の社長だった。従業員がまだ正月休みなので、社長自ら電話を取ったらしい。

テンパる僕の前に、ニガリとイエモンがノートでカンペを見せてくる。『自己アピールしろ』、『就活が遅くなったわけを話せ』、『情に訴えろ』、などなど。

指示に素直に従っていたら、電話の向こうで社長が鼻をすすっていた。社長も僕と似たような思いで、体四計という会社を興したらしい。

さまざまな事情でいまは社員として採用できないけれど、バイト扱いでよければすぐにでも面接させてほしい。そう言われて僕はすぐさま会社へ向かった。

体四計社は小さな倉庫にあった。社長室なんてない。資材に囲まれた応接コーナーで、僕は子どもみたいな目をした社長と握手した。

「あまりにもできすぎているから、夢なんじゃないかと疑ったりしてね」

帰宅して、待っていてくれた「め組」の三人に頬をつねってくれと頼んだ。イエモンにぎゅうとやられた瞬間、「わりと本気で痛い！」と叫んだけれど、やっぱり目が覚める様子はない。それを友人たちが自分のことのように喜ぶ。

「僕自身はなにもしていないのに、夢がさめるどころかかなっちゃったんだ。世の中には努力しても報われない人がたくさんいるのに」

「そう思うのなら、社会やご友人に恩返しをするといいと思います」

「うん。春からは全力でがんばる所存です」

「わたしもフォカッチャも応援しますよ。ふぁいとー」

気のせいだろうか。フォカッチャの短い腕を動かす麦さんが、かすかにほほえんだように見えた。

「ありがとう。麦さんも、僕が恩を返さなければならないひとりだね」

「いいえ。さっきも言いましたけど、わたしは蜜柑崎さんのためを思って『ミカンの謎』を解いたわけではないんです」

「それって……僕が実家に帰る前に言ってた『エゴ』の話？」

「蜜柑崎さん。そろそろ会社に行くお時間では？」

「いやまだ全然大丈夫だけど」

「……そうですか」

ひょっとして、言いたくないんだろうか。

「ええと、そうだ。僕がお礼を言いたいのは、別に今回だけのことじゃないんだ。麦さんと出会って謎解きをして楽しかったし、パンのおいしさだって知った。全部ひっくるめてありがとうって感謝してるんだよ」

麦さんと出会っていなければ、僕は心残りを抱えて人生を送っただろう。きっかけがあの笑顔だったと考えれば、麦さんはまさに僕の女神だ。

「わたしもそう思っています。だから……わたしはミカンのメッセージの真意を、蜜柑崎さんに伝えてしまったんです」

どういう意味だろうと考えていると、フォカッチャと目があった。

そのままじっと見ていたら、ごろんと裏返って仰向けになる。「ヘイヘイ、ピッチャービビってるぅ？」と、挑発されているかのようだ。
しりネズミめ。ちょっとかわいいからといい気になりおって。
そんな念をこめて鼻を鳴らすと、フォカッチャも同じく鼻で応じた。
「フシュ！　フシュ！」
なんだか怒っているみたいだ。背中の針が立っている。
フォカッチャは仰向けで丸まったまま僕を見た。目を動かして麦さんを見た。つい
っと目が動いて、また僕を見た。
「……あ、フォカッチャ」
僕は唐突に気づいた、というより、フォカッチャを見ていてわかった。
「パンを焼いたあの日、麦さんは僕が忙しくなるって予見してたよね？」
「そうですね。お父さまの真意を知った蜜柑崎さんは、川沙希へ戻ってきておもちゃ
会社へ就活すると予測しましたので」
だから今日も『思ったより早かったですね』なんて言っていたし、僕が体四計に入
社すると決まって、『ここまでうまくいくとは』なんて言ったわけだ。
「つまり結果的に川沙希に残ることになると気づいたから、麦さんは僕が故郷に帰る
と聞いても素っ気ない態度だった。そう思っていいかな？」

「よくないです。最初に聞いたときはものすごく驚いたじゃないですか」

そうは見えなかったけれど、いまはその答えで十分だ。

「ところで麦さんは、途中から僕に『ミカンの謎』の真相を伝えるのをためらったよね。その理由は、『両親の話を聞いているうちに』だった」

言いながらフォカッチャを見る。動作はないけれど、三角の目はまっすぐに僕を見返していた。間違っていないと思う。

「あの日のご両親は、なんていうか僕にぐいぐいきたよね」

月子さんは『麦とつきあうならお店を継いでね』と言ったり、お父さんも僕を跡取りにしたそうにチラチラ見てきたり。本気ではなくとも、僕の決意を揺さぶるような発言が多かった。

「すみません。ああいう両親なんです」

「最高のご両親だよ。でも麦さんはこう思ったんじゃないかな。『ミカンの謎』を解き明かすことは、ある意味でお父さんやお母さんと同じように、僕に自分の意思を押しつけることになるんじゃないかって」

フォカッチャを見ると、後ろ足で背中をかいていた。足がカシュカシュとテーブルに当たるので、僕の推理に地団駄を踏んでいるように見える。

「じゃあ麦さんの意思ってなんだって話だけど、それは僕と謎を解くことが楽しかったという言葉そのもの……なのかな？」

「蜜柑崎さんは、やっぱり名探偵ですね」

麦さんがほほえんだ。錯覚ではないと思う。

「名探偵は僕じゃなくてフォカッチャだよ。フォカッチャを見ていたら、なんとなくヒントをもらっている気がしたんだ」

「そんなわけないじゃないですか」

真顔だったけれど、麦さんの右手はフォカッチャの腹をもにもにしている。

「蜜柑崎さんに『ミカンの謎』の真相を伝えれば、春からも一緒に謎を解くことができます。だからわたしは戸惑いました。わたしが『ミカンの謎』の真相を伝えようとしているのは、そのほうが自分に都合がいいからではないかと。わたしには真相を伝えないという選択もできたので」

「それでも最終的には真相を教えてくれた。それって、自分の意志を押しつけてもいいって考えてくれたの？」

これは重要な質問だ。答えが「イエス」であるならば、いつも相手に距離を取る麦さんが、僕に対しては踏みこんでもいいと思ってくれたことになる。

「いいえ」

違った。泣こう。

「仮にわたしが伝えなくても、蜜柑崎さんはいずれお父さまの想いに気づいたでしょう。そうしたらご実家からまたこっちに戻ってきて、就職活動を続けるはずです。結果はどちらでも変わりません」

「で、でも過程が変わるよね？　僕が実家で働いて、親父の本音に気づいてこっちに戻ってきたとしても、アパートはもう引き払ってる。望口で就職浪人するとは限らない。つまり『結果』も変わってしまうかもしれない」

実際そうなったら、また同じところに住むだろうけれど。でも僕が知りたいのは麦さんの意思だ。麦さんが僕をどう思っているかだ。

「……白状しましょう。フォカッチャは蜜柑崎さんのことが好きなので、戻ってくるまでさみしいのはかわいそうと思ったんです」

名前を呼ばれたフォカッチャが麦さんを振り返った。あまりにも機敏な動きだったので、まるで「え？　ぼく？　え？」と二度見したかのようだ。

「なので蜜柑崎さんに謝ります。飼い主の都合を押しつけてすみませんでした」

真相は藪の中。まあつついて蛇を出してもつまらない。その意思が麦さん自身のものでも飼い主の都合でも、距離が縮まったという「結果」は同じだ。

「別に謝る必要なんてないよ。誰も困ってないし」

「でもわたしは、推測にすぎない真相を押しつけました」

「それでいいと思うよ。だって人間同士のコミュニケーションなんだから。最終的に判断するのは相手だし、間違ってたら謝ればいいしね」

それとなく、麦さんをはげましたつもりだ。

麦さんは過去に筑紫野さんを傷つけたことがトラウマになっている。わだかまりが解消されたいまも、麦さんは人との関係で自分から踏みだせない。

けれど半年かかってようやく、麦さんは僕に近づいてくれた。

まあその立役者は僕ではなく、きっと観察することを学ばせてくれたフォカッチャなんだろうけど。

僕は感謝を伝えるように、テーブルの上に手を伸ばした。

「フシュ！　フシュフシュ！」

フォカッチャがしゅぴんと針を逆立てる。

「……ねえ麦さん。フォカッチャは本当に僕のことが好きなの？」

「い、いまのは背後から触ろうとしたからです。ほら、こうすれば」

麦さんがフォカッチャを両手ですくい、裏返して寝袋の上に置いた。

「持ち上げず、両手の親指でおなかをなで上げてみてください」

言われた通りやってみる。フォカッチャのおなかは犬よりいくぶんやわらかいけれど、おおむね想像した通りの手触りだ。

「おお……モフモフ、いやもにもにしている」

「もにもにでしょう」

麦さんの声がうれしそうだ。

「なんか、泣いている赤ちゃんをあやしている気分だよ」

僕にマッサージされているのが不服なのか、フォカッチャの目は三角だ。けれど気持ちよさには抗えないらしく、しだいにまぶたが下りていく。

「あ、寝た」

「寝ましたね」

いつもはおしりしか見えないので、ハリネズミの寝顔がこれほどかわいいものとは知らなかった。スヤァというか、『ぼくはいま気持ちよく寝ています』というか、とにかく見ていて顔がにやけてしまう。

「これは……癒やされるね」

「存分に癒やされてください。ちょっと失礼します」

麦さんが席を立って厨房へ向かった。

僕はフォカッチャの腹をたぷたぷする。この適度な弾力がたまらない。目が覚めたらウニになりそうなので、いまのうちたっぷり楽しませてもらおう。

「蜜柑崎さん、くしゃみが出そうで出ない人の顔をしていますよ」

麦さんがお皿を手に戻ってきて、再び向かいに座った。

「確かにいまはしてたかも。寝ているときのフォカッチャは天使みたいだね。麦さんそれは？」

「すごくいい匂いだけど」

「海苔《のり》トーストです。試食ですからお金は気にせず召し上がってください」

胸がドキリと鳴った。麦さんが真顔で僕を見ている。

「蜜柑崎さんは、『春からバイト待遇なんだから倹約しないと』と思い、今日はパンを買わなかった。違いますか？」

「う……」

図星を突かれて思わずうめく。

「うちの角食は六枚切りで二百四十円です。海苔は品質にもよりますが、このサイズならバターと醬油をあわせても一枚十円くらいでしょう。しめて一食五十円ほど。食べて気に入ったら、角食を買って倹約してください」

　ぐうの音も出なかったけれど、うまそうな匂いに腹は鳴った。

「……かたじけない。いただきます」

　かぷっと食いつき、サクッとかじる。僕は自然と虚空を見上げていた。

「……まいです」

　まさか海苔がパンにあうなんて……というレベルの話じゃない。

　パンの小麦、溶けたバター、醤油の香ばしさと、爽やかな磯《いそ》の香り。

　どれもが単独で人を喜ばせる匂いが、サクサクとかじる端から押し寄せてくる。

　トーストした表面にかじりついた音がいい。

　絶妙に違いのある、海苔と醤油とバターの塩気がたまらない。

　ほのかに甘いふわふわの白い部分が、ふんわり温くて幸せ。

「醤油や海苔と言えばごはんのお供だけれど、海苔トーストのおいしさはごはんに勝るとも劣らないね」

「蜜柑崎さんは、本当においしそうに食べますね」

　麦さんがまたほほえんだように見えた。これってやっぱり笑っているんじゃないだろうか。僕はかなり気を許され始めているんじゃないだろうか。

「だって本当においしいよ。食パンって家族のパンって感じだから、いままであんまり食べたこともなかったし」

「家族のパン……」

「うん。帰省したときみんなで食べたんだけど、親父もコンフィチュールに驚いてたし、お母ちゃ……母親もパンをときどき送ってくれって」

麦さんが厨房のほうを気にする素振りを見せた。玄関の鍵をしめ忘れた気がするときみたいに、行くか帰るか迷っているような感じだ。

フォカッチャを確認すると、いつの間に起きたのか三角の目がまたあった。

なんとなく、「しっかりしろ」と鼓舞されているような気がする。

「えっと、麦さん。なにか気になることがあるなら――」

「蜜柑崎さん。そろそろお時間ですよね」

麦さんがすっくと立ち上がった。いつにもまして顔つきが凛としている。

「わたしも望口商店街に用事があるので、駅までご一緒しましょう」

暮れなずむ坂道を、麦さんとふたりで下る。

外はすっかり冷えこんでいて、コートを忘れた僕はついつい足が速まりそうになった。けれどその都度ぐっと踏みとどまり、麦さんと歩調をあわせる。

「蜜柑崎さんが帰省する前に、わたしが『お話ししたいことがある』と言ったのを覚えていますか」

「うん。でもそれって、飼い主の都合の話じゃないの？」

「『ミカンの謎』を解くためには、蜜柑崎さんにパンを焼いてもらう必要はありません。コンフィチュールを作るだけでよかったんです」

そうかもしれない。親父が加工しておいしくなるミカンを作りたかったという真相は、あのコンフィチュールを食べるだけで実感できたと思う。

「えっと……じゃあなんで、麦さんは僕にパンを焼かせたかったの？」

「パンを焼かせたかったわけではありません。あの日よりも前から、わたしは蜜柑崎さんを厨房に招く機会を虎視眈々《こしたんたん》と狙っていました」

「虎視眈々って……もしかして、僕とご両親を会わせるため？」

麦さんがうなずいた。

「蜜柑崎さんは、うちの両親を見てどう思いましたか」

「どうって……いいお父さんお母さんだって思ったよ。夫婦の仲もいいし、麦さんのことをすごく愛しているのが伝わったし」

「わたしもこの愛情は本物だと思っていました。だから想像力の豊かな蜜柑崎さんに確認してほしかったんです」

麦さんはまっすぐ先を見て歩いている。僕は黙して続きを待った。

「わたしは、両親と血がつながっていません」

驚かなかったと言ったら嘘になる。

けれど会話の流れから、そんな予感はあった。

「そして両親は、そのことをわたしに隠しています」

「それって……きちんと確認したのかな。なにかの間違いってことはない？」

「高校を卒業する頃でした。近所の人がしゃべっているのを聞いたんです。わたしは養子だって。その人も詳しい事情を知っているわけではなく、誰かに聞いた事実だけをしゃべっていたようです」

「なんだ。それだったら――」

「そんなの嘘だと思いましたが、両親には聞けませんでした」

そうだろうと思う。僕が見ても麦さんの家族は仲がよかった。どんな家庭にも事情があるけれど、うまくいっている状態にわざわざヒビを入れる必要はない。

「だから調べることにしました。方法は色々でしたが生々しいので割愛します。調べた結果、わたしは養子でした。これはもう変えようのない『結果』です」
あのとき麦さんは、『謎を解くため』と僕を厨房に誘った。でもそれは僕の謎では
なく、麦さん自身が抱える謎に僕を引きあわせるためだったようだ。
もちろん凡人の僕に謎なんて解けない。けれど凡人なりの助言はできる。
「麦さん。怒らないで最後まで聞いてくれる？」
「誠心誠意、努力します」
「いやそんなに力まなくてもいいんだけど……。ええとね、その件はご両親に直接聞
いても問題ないと思うよ。実子でも養子でも、ご両親はあんなに麦さんのことを愛し
ているのは事実だし。だからその……」
「両親は、わたしを傷つけないように隠していると言いたいんですか？」
「……うん。でもそれを聞いたところで、いまの幸せな家族という結末は変わらない
はずだよ。ご両親は麦さんのことを心から愛している。それは保証する。でなければ
お店に娘の名前なんてつけないしね」
麦さんが首を横に振った。
「いまの結末が1％でも変わってしまう可能性があるなら、わたしは直接聞くなんて
ことはできません。蜜柑崎さんも言っていたじゃないですか。家族は他人じゃないけ

れど自分でもないって。他人の心に不用意に踏みこめば、自分が想像もしなかったことで相手を傷つけてしまうこともあります」

筑紫野さんとのことがあったから、麦さんは極端に恐れているのだと思う。そのときも家族の問題だったからなおさらだ。

けれど、麦さんにわかりやすいトラウマがあるのはいいことだ。

いやよくはないけれど、理由もなく笑えないよりはずっといい。

「だから麦さんは、遠くから観察して謎を解くことで、訓練をしているんだよね。両親に直接聞かずに真相を知るための。ふたりを絶対に傷つけたくないから」

幸せだった結末が、過程を知ってしまうことで意味が変わる。

だったら知らないほうがましと考えてもよさそうなのに、麦さんはそう思わなかった。それは真実を知った上で、受け入れたいという覚悟だと思う。

つまりはそれだけ麦さんも、両親を愛しているのだ。

「……蜜柑崎さんに話してよかったです。コンフィチュールを作っているときの母の話は死ぬほど恥ずかしかったですけど、我慢したかいがありました」

「あれって、麦さんが月子さんに話すように頼んだの？」

「いいえ。でもわたしが友人を連れてきたら、母は宇佐ちゃんとの話をすると推測していました。わたしの友だちは宇佐ちゃんだけなので、ほかに話すエピソードがありませんし」

笑っていいのか迷うところだけれど、僕が伝えるべきはこっちだろう。

「麦さん。厳しいことを言うよ。たぶんどれだけ推測しても、ご両親の気持ちは永遠に理解できないよ」

「そんなことはありません！　わたしは蜜柑崎さんのお父さまの気持ちに気づきました……いまのは怒ったわけじゃありません」

「違うよ麦さん。僕が親父と話さない限り、『ミカンの謎』の真相は確かめようがなかった。あの推測の結果は、あくまで麦さんの中での正解でしかない。たとえそれが真相と同じだったとしてもね」

「……そんなことはわかっています」

麦さんが唇をきつく嚙む。痛ましい。けれど僕は叱咤《しった》を続ける。

「推理で真相を知ったとして、麦さんは『答えあわせ』をしなくていいの？　『察するばかりが正解じゃない』って、そういう意味だよ」

「でもわたしには、推理する以外に方法がありません。蜜柑崎さんだって思っているでしょう？　両親と血がつながっていないなんて、よくある話だって。全然たいしたことないって。それでも……わたしは怖いんです」

自分ではなく、両親を傷つけることが。たぶん麦さんは、百パーセントの真相を知っても両親には聞けないだろう。いまのままでは。

「うん。正直たいしたことないって思ってる。僕は中学生のときの筑紫野さんが怒った理由は理解できるけど、怒らせたことをここまで悲しむ麦さんの気持ちはちょっとわからなかったし」

「発言を撤回します。蜜柑崎さんになんて言わなければよかった」

「落ち着いて。いまはそういう人だってわかってるから」

麦さんの目がフォカッチャみたいに三角だ。早く言いたいことを伝えないと。

「いまの麦さんは、遠くから謎を解くことしかできない。でもそれでいいんだと思うよ。だって謎を解けば解くほど、人を知れば知るほど、麦さんには自信がつく。真相を知るための推理力は、いつか勇気になるはずだよ」

「勇気……」

「血がつながっていなくたって親子は親子。だって麦さんは、お母さんにもお父さんにもそっくりだし。口に出したり意識しなくても家族の絆はある。それは壊したくっても壊せないくらい頑丈だよ。だから麦さんに必要なのは勇気だけ。そして勇気を得るためにやることはいままでと同じ」

「蜜柑崎さん……いい話をされているんでしょうが、父に似ていると言われたショックで中盤以降が入ってきません」

「見た目じゃなくて性格だよ？」

「なおさらショックです。わたしはそんなにおじさんぽいですか？」

お父さん。あなたの娘はあなたによく似ていますが、それをよしとは思っていないようです。

「と、ともかく、僕は最後まできちんと謎解きを手伝うことで、麦さんに恩返しをしたいと思っています。麦さんが本当に知りたいのは真相じゃなくて、ご両親の気持ちだと思うしね」

トラウマがあるならがんばって克服すればいい。もちろん簡単なことではないけれど、この「謎」を解く方法はそれしかないのだ。

「たぶん……わたしは自分でもわかっていたんだと思います。だからそれを、誰かに言ってほしかったんです。甘えるんじゃねぇよガキ。時計表札やマジ卍の謎をいくら解いたって、テメェの問題は解決しねぇんだって」

「そんな人情派の不良刑事みたいな言いかたはしてないけど……でも大丈夫だよ。謎を解いて自己肯定感を高めれば、必ず前に進めるから」

「……そんな日がくるんでしょうか。わたしには人の心がわかりません」

「自分でそう思っているだけだよ。この前だって麦さんは、親父の気持ちを察して泣いてくれたし。それにようやくわかったんだ。最初の謎が」

「最初の謎？」

「電車の中で、僕と初めて会ったときのことを覚えてる？」

「覚えていますよ。陽子《ようこ》さんのお店へ配達をしにいった帰りでした」

僕たちは電車の中で隣りあって座っていた。ところが停車駅でほとんどの乗客が降りてしまい、僕と麦さんはどこにでも座れる車内で、ぴったりくっついているという奇妙な状態になった。

「あのとき麦さんが席を立って移動したのは、車内広告にあったクイズを見たかったんだよね？」

「そうですね。バゲットみたいな頭を豆腐にしたかったので」

「けれど正解を確認した麦さんは、僕の隣へ戻ってきた。別に戻ってくる必要なんてないのに。そうした理由は、僕を傷つけてしまったと思ったから？」

「はい。蜜柑崎さんがこの世の終わりのような顔をしていたので、わたしの行いによって自尊心を傷つけられたのだと推測しました」

思った通りだ。三が日が明けて店を訪れると、麦さんは僕に早まるなと言った。僕が『初めて会ったときと同じくらい死にそうな顔』をしていたからだ。

「でもそれは麦さんの本意じゃなかった。だから席へ戻ってきて、『わたしはクイズを見たかっただけで、あなたを避けたわけではありません』というフリをした」

「正解です。フリではないですけど」

「だとしたら、麦さんはきちんと僕の心を理解したってことだよ」

「本当ですか？　そもそも蜜柑崎さんは、なぜ傷ついたのですか？」

その感覚を説明するのは難しい。なにより恥ずかしいけれど、麦さんはきちんと理解したいだろう。

「あの状況で席を移動するのはそれほど不自然じゃないけど、麦さんがきれいな人だったから悲しくなったんです」

「よくわかりませんが、ほめ言葉として受け取っておきます」

「いやほめ言葉以外のなにものでもないけど」

「わたし、一笑に付すのが下手なんです」

「知ってる。でも最近は、僕の前でも自然と笑うことが増えたよ」

「……寒いですね」

麦さんが耳にかけていた髪をそれとなく下ろした。赤くなったところを隠したつもりだろうか。ほっぺまで赤いけど。

ふたりの間の言葉がなくなった。隣を歩く麦さんとの距離は遠くない。

身を寄せあってはいないけれど、季節を追う毎《ごと》に僕たちは互いに近づいている。

駅に着いた。改札の前で向きあう。

「麦さん」

「蜜柑崎さん」

ふたりで同時に口を開いた。

「あ、麦さんどうぞお先に」

「いえ、蜜柑崎さんから」

「……ああもう時間がない。麦さんはなんの話？」

「卑怯な言いかたを……まあいいです。春になったらお花見しましょうと言いたかっただけです。家族のパンに、ミカンのコンフィチュールを塗って」

言葉に詰まった。それはまさに、いま僕が言おうとしていたことだったから。

「蜜柑崎さんは、なんのお話ですか？」

「ええと……お花見、楽しみです。あと……」

僕は桜の木の下で、あなたに伝えたいことがあります。

そう言いたい。でもこういうのって、心の準備が必要なわけで――。

「明日、角食を買いに行きます」

言ってから、巨大な松ぼっくりで自分の頭をたたきたくなった。

「はい。お待ちしています」

謎が解けたわけでもないのに、麦さんは『よく寝て起きた女神』の顔で笑った。

改札を通る。駅のホームに出た。風がさっきよりも冷たい。

別れたばかりの麦さんのことを考えた。

やっぱり、あそこは告白するタイミングだったんじゃないだろうか。

でも今日は濃い話をいっぱいしたし……いやだからこそ、恋話《こいばなし》もできる状態だったんじゃないか？

というか告白は春にするって決めちゃったし……なんて先延ばしにしていたら、お風呂で頭を抱えて『アーッ！』って叫ぶことになるんじゃないか？

僕は活動しない就活期間でなにを学んだ？

勇気がどうのと偉そうに言っておいて、僕自身がこのザマなのか？

電車がきた。ドアが開く。

コートを羽織った人々が、冬の景色に僕を塗りこめていく――。

「――じゃない！」

僕は走った。人波をかきわけてホームの階段を駆け上がる。

次の急行に乗ればまだ間にあう。四年間あの坂を上り下りしたんだから、脚力だけは衰えていない。追いかけて、気持ちを伝えて、戻って電車に乗れるはずだ。

改札を出た。見回しても麦さんはいない。

そういえば、『商店街に用事がある』と言っていた。だったらあっちだ。

望口の駅は一階が大きなスーパーになっている。改札があるのは二階部分で、駅のコンコースからはエスカレーターで直接スーパーに入れる。駅前へ出るルートはエスカレーターを使うのが最速だ。

僕は走った。季節は順に巡るけど、ひとつくらいは追い抜ける。

エスカレーターに着いた。人が多い。目を皿にして麦さんを探す。

いた。下りエスカレーターの中ほどに、クロワッサンのリュックが見える。

けれど声をかけるのはためらわれた。だって人いっぱいいるし。

僕はドラマの主人公じゃない。一介の庶民が衆人環視の中で愛を叫んだら、絶対S

NSで晒《さら》される。

　ではどうするか？　方法はある。

　ここは日本である。子細に言えば東日本。人々はエスカレーターの左に寄って、右側は歩行者のために空けてある。

　鉄道会社はエスカレーターでの歩行を推奨していないけれど、現実ではみんな右側を「急ぎレーン」として使用する。

　そして僕は急いでいる。人にぶつからないよう細心の注意を払い、右側を歩いて降りることは可能だ。

　しかしである。右側は「急ぎレーン」であるゆえに、途中で立ち止まることは許されない。鉄道会社が推奨している行為はなぜか許されないのだ。「誰か」に。SNSではあんなに意見が百出するくせに、「誰か」の統率力はすさまじい。

　いやそんなシニカルっぽいことを考えて、悦に入ってる場合じゃない。僕にはとにかく時間がない。

　ここは右側を歩いて降りて、途中で麦さんの肩をつつき、下で待っているというのがベターな方法だろう。時間を考えるとひとことくらいしか話せなくなるけれど、ほかに方法はない。よし。

僕は半ばカニ歩きのようにして、注意深くエスカレーターの右側を降りる。

麦さんの隣にきた。肩をつつく。「あ」と口が開いた。

下で待っているとジェスチャーで示す。

きっと麦さんが降りてくるのを待つ間、僕はもどかしさに身を焦がすだろう。

それでも春を待つほどの時間じゃない。僕は春を迎えにきたのだ。

などと人生で一番こっぱずかしいことを考えながらエスカレーターを降りようとすると、ぐいと左腕が引かれた。

エスカレーターのもうひとつの暗黙ルール、「前の人とは一段分空ける」によって生じた空間に、僕の体が引きずりこまれる。

「麦さんは、いつも僕の予想を超えてくるね……」

夏に隣りあって座った電車のように、僕らの体は密着していた。

「わたしに用事があるのだとしたら、下で待つのは時間のロスですので。それにエスカレーターを歩くのは危険ですよ」

麦さんは僕をたしなめるように、腕をつかんだままでいる。

春がきたのだ、と思う。

Hedgehogs' bench time -冬-
「それは恋だ」とフォカッチャ

おなかが空いてコンビニに行った。
肉まんを買おうとレジに並んだ。
前で会計していた人が言った。
『あと肉まんひとつ』
人が人を好きになるきっかけなんて、そんな程度のこと。
ぼくたちハリネズミと違って、匂いは関係ない。
好みとか、考えかたとか、そういうのがちょっと似てるだけでいいって。
久しぶりに会ったハトが教えてくれた。
ハトは渡りの小説家。
すごく物知りだけど、窓を閉める冬は会えない。
でもぼくは体を鍛えて外に出た！
ムギと公園にお散歩。ミカンザキもついてきた。
外は寒かった。鼻の先が冷たい。
ハト胸があっても、寒いのは無理。
ぼくは寝袋の中から世界を見る。
土の地面。緑の草。

広い道。上を向くとぜんぶ空。

外は部屋よりいろいろある。

鳥が近づいてきた。よく見たらハトだ。

ぼくはハトに聞いた。聞きたかったことを。

ハトはパンくずをつつきながら、ぜんぶ教えてくれた。

ぼくとムギはよく似てる。

ぼくもムギも、部屋で映画を見るのが好き。パンの匂いが好き。

ムギの体にはハリがない。でもチクチク怒ることがある。

ぼくたちはよく似てるから、お互いを好きだと思う。

でも外で見たように、世界にはぼくたち以外もたくさんいる。

「……はあ」

机に置いた鏡の前で、ムギがため息をついた。

「聞いてフォカッチャ。高校のときにね、クラスの男子が放課後の教室で女子をランクづけしてたの。わたしは忘れものを取りに戻ったんだけど、思わずドアの裏に隠れちゃってね」

ムギは昔からムギ。

「それでこっそり聞いていたら、わたしの名前が出たんだよ。『高津？　あー俺、不思議ちゃんはパスだわ』って」

ぼくは背中のハリを逆立てた！

耳をかじろう！　耳をかじろうよ！

「うん。ありがとね、フォカッチャ。でもわたしもそうやって針を立てて人と仲よくならないようにしていたから、当然なんだよね。だから……蜜柑崎さんは本当に物好きというか……」

ムギが立ち上がった。ほっぺが赤い。

「……はあ」

またため息。ムギがベッドに横になった。

「おいでフォカッチャ」

おなかに乗せられた。あったかい。

「こういうことが、自分の身に起こるとは思わなかったなあ」

ムギは困ってる。でもチクチクじゃない？

「……はあ」

ぼくは丸まった。

でもムギは見てくれない。ため息ばかり。

「蜜柑崎さんは、わたしのことが好きなんだって」

知ってる。ぼくもウサも。パパもママも。

「でも、返事は桜が咲いてからでいいんだって。わたし、明日からどんな顔して会えばいいんだろうね」

しらん。

ぼくはおしりをかいた。パジャマの上で。かゆい。

「ごめんフォカッチャ。でももうちょっとだけ聞いて。こんなこと、恥ずかしくて宇佐ちゃんにも相談できないから」

ムギが毛布でぼくを包んだ。

あったかい。聞いてあげる。

「蜜柑崎さんはね、わたしのことをすごくわかってくれてるんだよ。宇佐ちゃんと同じくらいに。だからもっと一緒に謎解きをしたくて、それをいつか言わなきゃって思ってたの。そしたらいきなり蜜柑崎さんが帰省することになって……悲しくて、迷って、考えて。結局わたしはわがままを言っちゃった。あのときはフォカッチャをだしにしてごめんね」

ぼくはムギを見た。じーっと。

「そんなに責めないでよ。最初からね、蜜柑崎さんはわたしのことをずーっと『麦さん』って名前で呼んでるの。宇佐ちゃんのことは『筑紫野さん』なのに。だからあのときわたしは賭けたんだ。蜜柑崎さんが、わたしを友だちだと思ってくれていることに。わがままを言っても許してくれることに。そしたらまさか……」

ムギのほっぺが赤い。

ぼくは毛布の中でもがいた。

「もうちょっと。もうちょっとだけだから。要するに……わたしは蜜柑崎さんとずっと一緒にいたかったんだよね。これって……」

ぼくはもっと暴れた。

「……意地悪」

ムギが床に下ろしてくれた。

ぼくは部屋を走り回った。

ムギはまだぶつぶつ言ってる。

ぼくはトイレットペーパーの芯で遊んだ。

「あーもー！」

ムギは枕を叩いてる。
ぼくは床でごろごろした。ごろごろごろごろした。
ハリが少し抜けた。
ムギも枕を抱いてごろごろしてる。じたばたしてる。
ぼくはお気に入りの隙間で考えた。
ぼくとムギはよく似てる。
じゃあぼくも、ムギ以外の誰かを好きになる？
「……もうだめ、寝なきゃ。フォカッチャ？」
ムギがぼくを探しにきた。
ぼくはムギの手の匂いをかいだ。
「おやすみ、フォカッチャ」
ケージの中で目を閉じた。
ぼくが好きになる相手は、きっとパンの匂いが好きだと思う。

アリクイのいんぼうシリーズに引き続き
挿絵を担当させて頂きました。
知らない内に脳でもスキャンされたのでしょうか、
的確に私を撃ち抜いたとしか思えないこの世界観の中に
また携わる事ができ、とても嬉しいです。

本書は書き下ろしです。

メディアワークス文庫

なるほどフォカッチャ

ハリネズミと謎解《なぞと》きたがりなパン屋《や》さん

鳩見《はとみ》すた

2019年1月25日　初版発行
2024年11月25日　4版発行

発行者　山下直久
発行　株式会社KADOKAWA
〒102-8177　東京都千代田区富士見2-13-3
0570-002-301（ナビダイヤル）
装丁者　渡辺宏一（有限会社ニイナナニイゴオ）
印刷　株式会社KADOKAWA
製本　株式会社KADOKAWA

●お問い合わせ
https://www.kadokawa.co.jp/（「お問い合わせ」へお進みください）
※内容によっては、お答えできない場合があります。
※サポートは日本国内のみとさせていただきます。
※Japanese text only

※定価はカバーに表示してあります。

Printed in Japan
ISBN978-4-04-912281-7 C0193

メディアワークス文庫　https://mwbunko.com/

本書に対するご意見、ご感想をお寄せください。

あて先
〒102-8177　東京都千代田区富士見2-13-3
メディアワークス文庫編集部
「鳩見すた先生」係

アリクイのいんぼう1〜3

鳩見すた

**あなたの節目に縁を彫る。ここは
アリクイが営むおいしいハンコ屋さん。**

「有久井と申します。シロクマじゃなくてアリクイです」

　ミナミコアリクイの店主が営む『有久井印房』は、コーヒーの飲めるハンコ屋さん。

　訪れたのは反抗期真っ只中の御朱印ガール、虫歯のない運命の人を探す歯科衛生士、日陰を抜けだしウェイウェイしたい浪人生と、タイプライターで小説を書くハト。

　アリクイさんはおいしい食事で彼らをもてなし、ほつれた縁を見守るように、そっとハンコを差し伸べる。

　不思議なお店で静かに始まる、縁とハンコの物語。

メディアワークス文庫